Narrativa San Paolo Ragazzi

l'avventura della mente e del cuore

Gabriele Clima

IL SOLE FRA LE DITA

SAN PAOLO

Seconda edizione in brossura 2021

Piazza Soncino, 5 - 20092 Cinisello Balsamo (Milano)
www.edizionisanpaolo.it
Distribuzione: Diffusione San Paolo s.r.l.
Piazza Soncino, 5 - 20092 Cinisello Balsamo (Milano)

ISBN 978-88-922-1562-7

Ad Andrea.
E a Fabiola che gli ha dato le ali.

Uno

Dario non sapeva cosa ci facesse lì. Non aveva combinato granché stavolta, capirai, una maniglia rotta, con tutte le maniglie rotte che c'erano in quel liceo! Perfino quella dell'ufficio del preside in cui era appena entrato. Ma forse quegli idioti non se n'erano neanche accorti.

«Dario!» esclamò la Delfrati. Dario fece un balzo sulla sedia. «Il signor preside ti sta parlando. Mela marcia» aggiunse a mezza voce.

Mela marcia. La Delfrati sapeva come motivare i suoi studenti.

Ma a *mela marcia* Dario era abituato. La cosa che proprio non gli era andata giù era stato quello che gli aveva detto prima, in classe, e da cui poi era scoppiato quel casino. «Sei una mela marcia, Dario» gli aveva detto. «Lo sanno tutti, no? Anche tuo padre lo sapeva. È per questo che se n'è andato». Lo aveva detto davanti a tutti, a tutta la classe, così, come fosse niente. E Dario si era alzato, gli occhi stretti, i pugni stretti, e tutti avevano pensato che l'avrebbe colpita da come le braccia gli tremavano.

Invece era andato alla porta ed era uscito, sbattendola con tanta forza che la maniglia era schizzata via come un tappo da una bottiglia di champagne.

«Dario» disse il preside. La sua voce era asciutta come sabbia. «Tu sai perché sei qui, vero?» Era una domanda? Non sembrava una domanda. «Sei qui perché è ora che ti assuma le tue responsabilità».

Dario gli guardò la fronte. L'attaccatura del parrucchino sporgeva dai capelli finti come una cucitura. Come la cerniera lampo nei vecchi film di Frankenstein. Sorrise, abbassò gli occhi.

«La cosa ti diverte?»

«No. Pensavo ad altro».

«Certo, come sempre. Non temere, ti lascio andare subito, non ho intenzione di farti la predica, non serve, l'ho capito. No, oggi ti ho preparato una sorpresa». Si alzò, si avvicinò alla finestra, guardò fuori con il mento alzato. «Non senti, nell'aria, che c'è qualcosa di diverso stamattina?» Tornò alla scrivania e levò un foglio da una cartellina. «Ecco qui» disse mettendoglielo sotto al naso. «Da oggi sei iscritto al *Servizio di assistenza volontaria* di questo istituto».

La Delfrati fece un risolino.

«*Servizio di assistenza*...» ripeté Dario.

«... *volontaria*» ribadì il preside. «Significa», si alzò, fece il giro della scrivania, «che da questo momento, e fino a data da definirsi, ti occuperai delle persone “meno fortunate” iscritte a questa scuola».

Dario gettò un occhio alla Delfrati. Stava ridendo come se avesse vinto alla lotteria.

«Cioè sarebbe... gli handicappati?»

«No, noi preferiamo dire *portatori di handicap.* È bene che impari questa parola, ne avrai bisogno d'ora in poi».

Dario non rispose. Il preside girò sui tacchi e tornò a sedersi.

«Sei un ragazzo intelligente. Sono sicuro che ci stupirai. Cominci da domani».

Fece un gesto con la mano e tornò alle sue carte.

Dario si alzò, andò alla porta.

«E, a proposito, ti avverto» aggiunse il preside senza alzare lo sguardo dalla scrivania. «Un altro colpo di testa e sono guai. Stavolta non la passi liscia».

Dario non rispose. Si girò semplicemente e calò la mano aperta sulla maniglia della porta. Il pomello si staccò di netto con un CRAAAAC!

La Delfrati squittì.

«Ops...» disse Dario raccogliendo la maniglia. «Questa dev'essere sua». E la lanciò attraverso la stanza.

La maniglia tracciò una parabola perfetta nell'aria. Il preside si alzò, si proiettò in avanti, la afferrò prima che ricadesse sulla scrivania.

«Fuori di qui!» urlò paonazzo in volto.

Ma Dario era già nel corridoio. E sorrideva, allontanandosi con le mani in tasca.

Le cose comunque non cambiavano.

Servizio di assistenza volontaria.

Con gli *handi*.

Che fregatura.

Due

«Sei tu, tesoro?» la voce di mamma arrivò dalla cucina, insieme al solito odore di minestra.

Dario non sentì né l'una né l'altro. Attraversò il salotto, entrò in camera, si gettò sul letto.

E restò così, con la faccia dentro le coperte, cercando di non pensare a niente, mentre la fatica di quella stupida giornata gli si addensava nello stomaco come latte andato a male.

«Dario?» Mamma fece capolino dalla porta. «Hai lasciato di là questo».

Entrò, mise lo zaino sulla sedia.

«Va tutto bene?»

Dario non rispose.

«Dario…»

Silenzio.

Mamma sospirò.

Che vuoi che ti dica, mamma, pensò Dario. Non va tutto bene, lo sai. Va da schifo, come ieri, e come ieri l'altro. Va come va sempre, non è una novità. Se vuoi saperlo però oggi va anche peggio, con quel cavolo di servizio di assistenza che mi hanno appena affibbiato.

«Dario...»

«Sì, sì, mamma, tutto bene».

«Sei sicuro?»

«Tutto bene».

Mamma si avvicinò, si sedette sul bordo del letto sfiorandogli la mano.

«Se c'è qualcosa che devi dirmi...»

«No, mamma, sto bene. Voglio solo rimanere solo. Per un po'».

«E non mangi niente?»

«Non lo so. Dopo. Forse».

«Ti lascio di là tutto. Il piatto, la minestra...»

Sì, mamma, fa' un po' come credi.

Mamma lo accarezzò di nuovo, si alzò e uscì dalla stanza.

Se papà fosse stato lì lo avrebbe sollevato di peso, come faceva quando era piccolo. Papà non aveva mezze misure, o era così o era così. Era una cosa bella. Era una cosa buona. Lo faceva sentire vinto, preso, da una forza piena e totalizzante. È così che deve fare un padre, no? È così che deve fare.

Lo chiamava Dario il Grande, suo padre, come il re persiano. Il Grande. E rideva mentre lo diceva, e gli sfregava il pugno sulla spalla, per fargli sentire quanto era grande lui, quando era con suo padre. Ma evidentemente

Dario non si era dimostrato abbastanza Grande. Altrimenti papà non se ne sarebbe andato via. Da nove anni.

Sentì mamma nell'altra stanza che accendeva la tv.

Sporse un piede, chiuse la porta con un calcio. E affondò la testa nel cuscino.

Il silenzio gli riempì occhi e orecchie.

E si addormentò.

Tre

«Dario, caro, avanti, vieni dentro!»

La voce della Delfrati riecheggiò nella palestra. Era stridula come quella di una papera di gomma. E falsa. Come lei.

«Questo è Andrea» disse indicando il ragazzo sulla sedia a rotelle accanto a lei. «Ma noi lo chiamiamo Andy, il nostro Andy».

Gli diede una carezza. Andy roteò due occhi neri e lucidi.

«Da oggi, Dario, ti occuperai di lui, gli starai accanto e lo aiuterai quando avrà bisogno di qualcosa».

Dario osservò quella strana figura inclinata sulla sedia. Non si muoveva, guardava di lato, gli occhi rovesciati, come per cercare qualche cosa che gli altri non vedevano. Pareva un gambo di sedano spezzato. Di cosa poteva aver bisogno poi un mezzo scemo in carrozzina?

Dietro di lui, una ragazza tonda e morbida come un marshmallow sorrideva stringendo i manici della sedia.

La Delfrati tossì. «Allora, Dario, non ti presenti al tuo nuovo amico?»

Dario sbuffò, fece un passo avanti, allungò una mano. «Ciao».

Andy lo guardò. Piegò la testa e aprì la bocca in una specie di sbadiglio.

«Dario, che sciocchino» cinguettò la Delfrati. «Andy non può muoversi, non lo vedi? Devi prendergli la mano e stringergliela tu. Ma con garbo, mi raccomando, è una creatura delicata».

Dario si chinò, gli afferrò la mano. Era leggerissima. Come l'ala di un uccello.

«Ciao, sono Dario» ripeté. Si sentiva un po' cretino.

«Che bellezza» disse la Delfrati. «E adesso che vi siete presentati vi lascio qui tranquilli. Fate i bravi, mi raccomando. Se avete bisogno di me sapete dove trovarmi».

Si girò e si allontanò di fretta.

Fate i bravi. Che frase idiota. Fate i bravi lo dici ai bambini. O agli imbecilli. Ma forse era proprio quello che la Delfrati pensava di entrambi.

«Io mi chiamo Elisa» disse il marshmallow. «Se vuoi ti spiego un paio di cosette».

«Wow. Non vedo l'ora».

Elisa sorrise. «Ti dirò, a me piace occuparmi di Andy. Ma capisco che non tutti la pensino così».

«Senti, non l'ho chiesto io di essere qui, perciò spicciamoci, va bene?»

Elisa sorrise nuovamente. «Mi dispiace» disse, «ma

spicciamoci non è il termine esatto. Non è mica come imparare ad andare in bicicletta, è un po' più complicato. E soprattutto è una cosa che richiede tempo. Più tempo ci metti meglio ti verrà. Per questo *spicciamoci* non è il termine esatto».

«Va bene, ok, cheppalle, dimmi quello che devi dirmi e facciamola finita».

Elisa sorrise. «Non sarà facile per te, vero?»

Andy rise. Un filo di saliva gli colò lungo il mento.

No, non sarà facile per niente.

Quattro

La prima settimana fu davvero dura. E lenta, di una lentezza esasperante. Quattro ore di servizio volontario erano davvero un'eternità.

Il problema però non era tanto Andy, quanto Elisa. Stare accanto a una persona che sorride, sempre, costantemente, qualunque cosa accada, è estenuante. Ogni minuto, ogni momento della giornata, ogni volta che Dario la guardava, Elisa sorrideva. Come se quella non fosse solo un'espressione, ma la sua vera faccia. Era stomachevole. Come zucchero caramellato. E lo zucchero caramellato, se lo mangi ogni giorno, finisce per nausearti.

Andy invece non era questo gran fastidio. Sbavava qualche volta, e dovevi asciugargli il mento con il fazzoletto. Ma, a parte questo, era come non averlo. Non parlava mai, un verso o un gemito di tanto in tanto, anche perché a cosa gli serviva parlare? C'era Elisa che pensava a tutto, prima ancora che Andy potesse aver bisogno. Pronta. Sempre. Col sorriso. Una costante. Una maledizione.

Come faceva Andy a sopportarla? Ma forse non si accorgeva neanche di quello che accadeva intorno. O forse sì, chissà, magari si accorgeva di ogni cosa e più semplicemente non gliene fregava niente.

Dario si occupava di piccole faccende, dar da bere a Andy, mettergli e togliergli il bavaglio per il pranzo. Ed Elisa gli insegnava come muoversi dentro e fuori scuola con la carrozzina, scendere scalini, salire marciapiedi, oltrepassare cordoli che accidenti a chi li aveva fatti, i cordoli, senza neanche una ragione.

Ogni giorno, dal piano delle aule, portavano Andy alla veranda, accanto alla biblioteca, un angolo con finestre altissime in cui il sole creava giochi luminosi come all'interno di una cattedrale.

Da lì si vedeva il cortile, con gli alberi, le panchine, i ragazzi che passavano e che si fermavano chiacchierando fra loro.

Andy stava lì e sorrideva, roteando gli occhi, guardando chissà dove, chissà cosa.

Di tanto in tanto Elisa si alzava e diceva: «Vado in quel posticino». E si allontanava, sballonzolando lungo il corridoio.

E Dario aveva i suoi cinque minuti. Cinque minuti senza Elisa. Cinque minuti per un po' di fumo.

«Lo sai che cos'è questa?» diceva prendendo una bustina dalla tasca. «Questa è erba. Quella buona». Pizzicava una presa con due dita, la arrotolava dentro una cartina. «Un po' di questa» diceva, «e tutti i tuoi problemi svanirebbero».

E la accendeva, sedendosi contro la parete, tirando boccate piene e dense.

Un tiro e tutto era leggero. Un tiro e il sorriso ebete di Elisa era svanito. Un tiro e Dario era altrove, libero, e sereno. Un tiro. E gli bastava ad arrivare a sera.

Quel giorno il sole era caldissimo. Le finestre della veranda bruciavano come una graticola.

«Non è troppo coperto?» chiese Dario guardando Andy che sudava.

«Ma no, che dici» rispose Elisa. «Il freddo uccide».

«Freddo? Ma se sembra di essere in agosto».

«Non sembra di essere in agosto. E poi per le persone come Andy è meglio avere caldo che freddo». Si chinò su di lui, gli sorrise, gli calcò ancora di più il berretto sulla testa. «Il freddo uccide, non è vero?» disse a Andy. «Il freddo è cattivo. Cattivo, cattivo freddo».

Andy mosse gli occhi.

«Almeno leviamogli il berretto. Non vedi, ha troppo caldo».

«Questo lo dici tu».

«Be', mi sembra evidente».

«E da cosa sarebbe evidente?»

«Non vedi, continua a muovere la testa. È chiaro che gli dà fastidio».

Elisa alzò gli occhi al cielo. «Continua a muovere la testa perché Andy muove sempre la testa. Non l'hai notato, forse?»

«Secondo me la muove perché gli dà fastidio. Sennò come farebbe a dirtelo?»

«Non serve che me lo dica. Lo so. È il mio mestiere».

Dario guardò Andy. Andy ricambiò lo sguardo.

«Secondo me ha caldo».

«La vuoi finire? Che ne sai tu di queste cose?»

«Lo vedo».

«Be', io invece lo so». Sbuffò, ruotò la sedia a rotelle, la porse a Dario. «Tieni qui. Io vado in quel posticino».

Brava, vedi di restarci.

«E non togliergli il berretto».

E si allontanò nel corridoio.

Dario si sedette a terra, la schiena contro il muro.

Guardò Andy, levò di tasca la bustina.

«Mammamia, è insopportabile». Pizzicò una presa con due dita, la arrotolò nella bustina.

Andy fece un verso.

«Non so come fai. Fosse per me la prenderei a schiaffi dalla mattina alla sera».

Andy gorgogliò, scosse la testa.

«Che c'è?» chiese Dario.

«... Ole» disse Andy.

«Ah, ma allora parli».

«... Ole» ripeté Andy.

«Il sole? Vuoi vedere il sole? Vuoi che ti giri verso il sole?»

Andy sorrise, aprì la bocca.

Dario si alzò, prese i manici della sedia, la ruotò verso la finestra.

Guardò il sole che splendeva luminoso in un cielo senza nuvole.

«Che caldo fa oggi» disse. Guardò Andy, si sporse su di lui, gli levò il berretto.

«Lo sai cosa facciamo?» disse quindi. Girò la sedia e imboccò il corridoio.

Uscirono in cortile che la campana era già suonata. I ragazzi stavano rientrando, chi di corsa chi no perché tanto, in una giornata così, chissenefrega se sei in ritardo, non c'è niente che può andarti storto.

Una ragazza urtò la carrozzina.

«Ehi» esclamò Dario.

«Scusa» disse lei. Lo guardò, guardò Andy, sorrise, corse via.

Andy gorgogliò.

«Hai visto? Le piacevi» disse Dario. «Perché non l'hai agganciata?»

Andy sorrise. *Chi lo sa?* sembrò dire.

«Adesso hai perso l'occasione».

Pazienza.

«La prossima però non fartela scappare».

Rimasero in cortile, Dario a fumare, Andy a prendere il sole, immersi entrambi in quell'azzurro denso come il mare.

Ma durò poco, molto poco. Elisa piombò dopo qualche minuto come un cacciabombardiere.

«Ma sei matto? Cosa fai?»

«Stai calma, abbiamo solo fatto un giro».

«Ti ho già detto che Andy non può uscire. Non può prendere freddo!»

«Ma se fanno trenta gradi!»

«Trenta gradi. Cosa ne sai di cosa sono trenta gradi quando sei come Andy».

«Non farla tanto lunga. Stava sudando. Potrebbe dirtelo anche lui».

Fece una smorfia. «Però non può. È per questo che ci sono io». Afferrò la sedia. «Lasciala» disse. «La prendo io».

Dario strinse i manici.

«Scostati, ho detto. Cosa vuoi saperne tu! Non sono io quella che chiamano mela marcia, qui dentro».

Dario la guardò, strinse gli occhi. E lasciò la sedia, dandole uno spintone.

Andy sussultò, la testa gli cadde in avanti.

Elisa guardò Dario, la bocca aperta, gli occhi fuori dalle orbite.

«Che c'è?» fece Dario. «Almeno gli ho dato una scossa. Fosse per voi 'sto mezzo scemo morirebbe di noia».

«Adesso vedi» sibilò Elisa. Gli girò le spalle e spinse Andy verso le scale.

Dario non si mosse. Guardò il sole. Il cielo. Gli alberi che cercavano di attraversarlo.

«Ma vaffanculo» disse.

E si sedette lì dov'era.

Cinque

«Lo hai chiamato scemo?» domandò la Delfrati. «Hai chiamato scemo un ragazzo disabile?»

«Mezzo scemo» disse Dario. «È come dire mezzo intelligente, no?»

La Delfrati arcuò le labbra all'ingiù. «Fossi in te non farei lo spiritoso. Hai insultato un ragazzo in carrozzina; hai insultato una persona in condizioni di inferiorità».

«E allora? Lei non mi chiama ogni giorno mela marcia?»

La Delfrati finse di non sentire. «Poteva anche cadere dalla sedia. Immagino che a questo non avrai pensato».

Invece sì, Dario ci aveva pensato, ci aveva pensato eccome. Ed era l'unica cosa che non gli era piaciuta di tutta la faccenda. Il resto, il sole, il cortile, la faccia di Elisa rossa da scoppiare, era stato mitico. Ma quello no.

Guardò Andy, appena a lato. Sembrava a mille chilometri da lì. Roteava gli occhi verso la finestra, cercando quella cosa gialla e grande e bella che sapeva di altrove. Forse in quel momento era proprio là, altrove, esattamente dove voleva essere, lontano da tutto quello schifo. Forse quello scemo non era poi così scemo.

«Allora?» sibilò la Delfrati.

«Ha ragione» disse Dario. Sole. Altrove. Libertà. «Mi dispiace» aggiunse.

La Delfrati non rispose. Guardò Dario. Diceva sul serio? Sembrava serio. Elisa non batteva ciglio.

«D'accordo» disse dunque. «Facciamo come se non fosse successo niente». Brava, pensò Dario, tipica risposta da vigliacca smidollata. «È la prima volta che ti prendi cura di una persona con handicap, dunque facciamo come se ricominciassi oggi».

Dario storse il naso. E che cavolo, e la settimana che ho già fatto? pensò. Ma non lo disse.

«Perciò, se Elisa non ha nulla in contrario...», guardò Elisa, alzò la testa, «riprenderai il tuo servizio come prima».

Elisa non fiatò, anche se in contrario qualcosa ce l'aveva eccome e non cercava neanche di nasconderlo. Ma la sua opinione non contava, né per Dario né, evidentemente, per la Delfrati.

«Certo» disse. «Nessun problema. Con permesso». E si avviò alla porta insieme a Dario. «Stai attento tu» sibilò mentre uscivano dalla stanza.

Raggiunsero le scale. Elisa si fermò, Dario girò la carrozzina, cominciò a scendere i gradini.

Era diventato molto abile nel fare queste cose. E aveva una forza nelle braccia che Elisa si sognava, alla faccia dei suoi salsicciotti. Perché ci vuole molta forza per manovrare una carrozzina, e non solo su una rampa di scale. Nessuno pensa mai a certe cose, te ne accorgi solamente quando ti trovi a doverle fronteggiare.

A fronteggiare le cose, Dario non era mai stato molto bravo. Era più bravo a evitarle, anzi, era un maestro nell'evitarle. O nel rimandarle, che è un altro modo per evitarle acquietando allo stesso tempo la propria coscienza.

Eppure, per qualche motivo, con Andy era diverso. Non gli pesava prendersi cura di lui, forse perché era così facile averci a che fare. A differenza degli altri, di Elisa, della Delfrati, del preside, del resto del mondo.

Elisa invece era più insopportabile che mai. Non solo perché sorrideva più di prima, ma per il modo in cui trattava Andy. E il mio Andy, e infiliamo le scarpine, e attento alla manina. A volte gli parlava addirittura in terza persona. «Ha freddo il mio Andy? Non vuole la felpina? Ma certo che la vuole, io lo so, anche se lui non me lo dice». Una cosa da vomito.

«Ma perché fai così?» le domandava Dario.

«Così come?»

«Non è mica scemo. Perché non gli parli come a uno normale?»

«Perché Andy non è normale».

«E chi lo dice che non è normale? Tu?»

«No, il fatto che sta su una sedia a rotelle».

«E che c'entra la sedia? Se io mi rompo tutt'e due le gambe divento deficiente?»

«No, a te non serve, lo sei anche con le gambe giuste».

E la discussione finiva lì.

Ripresero le uscite alla veranda e i parcheggi sotto le finestre arroventate. Di tanto in tanto Andy volgeva il suo saluto al sole, al cielo, a quel quadrato di libertà al di là dei vetri.

Libertà.

Una cosa che forse non avrebbe mai potuto assaporare.

Forse.

O forse sì.

Dario non aspettò nemmeno che Elisa svoltasse l'angolo del corridoio.

«Pronto, Andy?» disse. Girò la carrozzina.

Andy gorgogliò. «Ole!» disse.

Dario rise. «Bravo. Lo vedi che non sei mica scemo?»

E partì di corsa.

Sei

Arrivò all'ingresso sparato come una palla di fucile. Uscì dal portone principale, scese dalla rampa di cemento e attraversò il piazzale che portava fuori, mentre la sedia scalciava fra le mani come un cavallo imbizzarrito.

Andy urlava, ridendo, la bocca aperta, il sole sulla faccia.

Imboccarono il viale di circonvallazione, lo percorsero per quanto era lungo ed entrarono come bolidi nei giardini pubblici, spazzando ghiaia ovunque con le ruote. E si fermarono davanti alla fontana.

«Sole!» esclamò Dario alzando entrambe le braccia.

Andy lo guardò, gli occhi sbarrati, un rivolo di bava che gli rigava la guancia.

«Ole!» ripeté.

«Esatto, Andy. Ti ho portato il sole. Quello vero, però, non quello finto che ti danno da dietro le finestre».

Si sedette, sulla ghiaia, ansimando, la schiena contro il cordolo della fontana. Il sole, Andy, quello vero.

Tirò fuori l'erba, la arrotolò nella cartina. La accese.

Passarono una decina di minuti. Andy che rideva bagnandosi la faccia con gli spruzzi della fontana e Dario che fumava, in silenzio, a occhi chiusi.

«Dai» disse quindi Dario. «Rientriamo. Chissà Elisa che casino avrà già fatto».

Si alzò, barcollando. La testa gli girava.

Si chinò su Andy, gli aggiustò i capelli che l'acqua aveva appiccicato sulla fronte.

In quel momento delle voci giunsero dall'ingresso del parco. C'erano due agenti fermi davanti al cancello che parlavano con un gruppo di persone. Qualcuno indicava all'interno, il vialetto, la fontana.

«O porca...» disse Dario. Sentì una vampata di calore premergli le tempie.

Girò la sedia, imboccò il viale che portava al lato opposto dei giardini e uscì, in fretta, senza girarsi indietro. La sedia urtò la cancellata, sussultò, quasi gli sfuggì dalle mani.

Gli parve di sentire una sirena dietro di sé. Cominciò a correre, nel viale che portava alla stazione, fra le macchine che suonavano passandogli accanto.

Entrò nel piazzale, passò la porta principale mentre la testa gli girava, per il fumo, per la corsa.

Teste, mani, gente. Un fischio, poi l'altoparlante. Ma quanta erba ci aveva messo in quella canna?

«Ehi, sta' attento!» esclamò qualcuno.

«Ma dove vai?» disse qualcun altro.

Seguì la massa di persone, risalì un binario.

«Aspetta, non di qui» gli dissero. Gli indicarono la coda di un vagone, si fermò, sentì che gli sfilavano la sedia dalle mani.

«Dai, sali, tu non preoccuparti».

Qualcuno azionò un elevatore. Dario salì, inciampò, si sedette su uno strapuntino, accanto a Andy che continuava a dire: «Ole! Ole! Ole!»

La porta si richiuse e il treno si mosse.

Sette

La donna sorrise, per la terza volta. Per la terza volta Dario la ignorò.

Guardò dal finestrino. Case, campi, capannoni, strade che passavano intrecciandosi fra le coltivazioni.

Ancora si chiedeva che cosa fosse successo.

Non male, però. Era una bella sensazione. Lontano da tutto. Lontano da Elisa.

La donna sorrise un'altra volta. Abbassò il libro che leggeva e si tolse gli occhialini.

«Come si chiama?» chiese finalmente.

«Chi?» rispose Dario.

«Lui. Come si chiama?»

«Perché non glielo chiede?»

«... Può parlare?»

«Certo, è disabile, non è mica scemo».

La donna smise di sorridere. Alzò il mento e si chinò in avanti. «Come ti chiami?» domandò.

Andy non rispose.

La donna si schiarì la voce. «COME-TI-CHIAMI?» ripeté scandendo le parole.

Dario fece una risatina.

«Mi stai prendendo in giro?» chiese la donna contrariata.

«Io? E perché?»

«Non mi sembra che mi abbia risposto».

«E che ne so, non ne avrà voglia».

La donna strinse gli occhi. Guardò di nuovo Andy e sorrise come prima. «Siete fratelli? Un po' vi assomigliate».

«Guardi che non è mica obbligata» disse Dario.

«A fare cosa?»

«A fare domande. Non è obbligata solo perché lui è in carrozzina».

«Lo so bene. Si chiama educazione. E se permetti mi interessa, altrimenti non lo chiederei».

Certo, come no. Se non ci fosse Andy col cavolo che mi avresti rivolto la parola.

«Sì, ok, siamo fratelli» disse Dario. «Gemelli. Non si vede?»

«Eh sì, avete gli stessi occhi».

Mamma che citrulla.

«E dov'è che state andando?»

Fuori la pianura correva veloce al ritmo regolare delle ruote. Lontano, dove il cielo si abbassava, le nuvole assumevano un colore azzurrato, come una pennellata stesa su un dipinto.

«Al mare» disse Dario.

«Ah, al mare. E c'è qualcuno che vi aspetta? La mamma? Un parente?»

«Sì, certo, c'è zia Fatima. Andiamo ad aiutarla con zio Elvio. Poverino, è morto l'altro ieri. Triturato. Nella trebbiatrice». La donna non rispose. «Zia Fatima non è brava con i macchinari, le serve qualcuno che tiri fuori zio; è ancora incastrato sotto la tramoggia».

La donna tossicchiò. «Capisco» disse.

Rimise gli occhialini e riprese la lettura.

Il treno continuò la sua corsa.

Otto

«Biglietti...»

Dario si svegliò. Si sollevò sul seggiolino, si rimise la camicia dentro i pantaloni.

Andy dormiva accanto lui, la testa appoggiata al finestrino.

La donna non c'era più.

«Biglietti...»

Il controllore si fermò sulla porta del tramezzo.

Guardò l'uomo alla sua destra, passò al lettore il suo biglietto, si girò, prese il biglietto della ragazza alla sua sinistra. Guardò Andy, guardò Dario, gli strizzò l'occhio. Proseguì verso il fondo del vagone.

Dario si stropicciò gli occhi. Guardò Andy, che dormiva, la testa reclinata, un braccio abbandonato lungo lo schienale. Gli raddrizzò il busto, gli rimise il braccio nella sedia. Fu allora che vide il taglio sulla mano, un taglio largo e slabbrato appena sotto il polso. Aveva urtato qualche cosa? Il cancello, forse, là ai giardini. Povero Andy, probabilmente lui non se n'era neanche accorto.

Dario si alzò, entrò nel bagno, inumidì un po' di carta igienica, lavò via il sangue rappreso.

Fuori intanto passava la campagna. Un tratto di autostrada, le case alte e grigie di una periferia. Il cielo si fece giallo-arancio mentre il sole scendeva lentamente specchiandosi in un lago. E oltre il lago, picchiettato da nuvole bianche come vele, il mare. Grande. Immenso. Tanto quasi da provare invidia.

Gli piaceva il mare. Gli piaceva perché non lo puoi ingabbiare. Non puoi dargli confini, soltanto la terra lo può fare, da una parte all'altra della sua immensità. Ma è solo un'illusione perché, finita la terra, il mare ricomincia, e si riprende quello che gli era stato tolto. Perché il mare non lo puoi ingabbiare.

«Andy» disse scuotendolo per una spalla. «Dai, svegliati. Scendiamo qui».

Nove

Quando il treno ripartì, Dario si trovava ancora sulla piattaforma. Era rimasto almeno una decina di minuti a fissare quel cartello blu che diceva *San Vincenzo*. San Vincenzo. Quand'è che c'era stato l'ultima volta? Cento anni prima, duecento, in un'altra vita forse, neanche se lo ricordava più. Papà lo chiamava ancora il Grande. E lo teneva per mano quando camminavano.

Dario prese la sedia e risalì il binario. Gli sembrava di sentire la mano di suo padre che stringeva la sua di bambino. «Ricorda» gli diceva, «tu sei Dario, Dario il Grande». E Dario lo credeva veramente.

Giunsero alla spiaggia che il cielo era ancora chiaro. Li accolse una sabbia soffice, come farina, in cui le ruote affondavano senza suono. Non c'era nessuno, gli ombrelloni chiusi, le sdraio ammassate lungo il muro, chiuse con le catene.

Camminarono fino al bagnasciuga e si fermarono davanti alla distesa blu.

«Allora?» disse Dario. «L'hai mai visto? L'hai mai visto il mare?»

Andy sorrise, gorgogliò, aprì la bocca quasi volesse mangiarsela quella cosa enorme e vasta e grande lì davanti.

Dario gli tolse la maglietta. «Stiamo un po' e poi torniamo, ok? Stasera dobbiamo essere a casa, se no stavolta sono guai seri». Lo prese dalle ascelle, lo sollevò, lo adagiò sulla sabbia, la schiena poggiata su una duna.

Poi si sedette, spaziando con lo sguardo lungo l'orizzonte.

«Bello, eh?»

Andy sorrise.

«Ci venivo sempre. Da bambino. Con papà».

Guardò l'ombra di una nuvola che copriva il cielo, bassa, aperta, come un gabbiano che scendeva per portarlo via. Frugò in tasca, tirò fuori l'erba.

Il primo tiro gli riempì gli occhi e la mente. Lasciò che il fumo scivolasse dentro, fino al cuore, e poi uscisse di nuovo, come il mare quando si ritrae. Tirò ancora, si distese, sorrise, come chi ha il mondo in una mano.

Il fumo, il mare.

Che altro serve?

Lasciatemi così.

In pace.

Tutti quanti.

Dieci

Una musica giungeva a tratti sulla spiaggia, alternandosi al vento che ora si era alzato.

Dario aprì gli occhi. Si era addormentato?

Musica, ombre. Vento sulla faccia. E sabbia, fresca, sotto di sé. Che posto era, quello?

Guardò di lato. Gli sembrava di vedere due luci, lontane, oltre il mare, le finestre di una casa. Dalle finestre giungeva una voce, spezzata come un lamento.

L'immagine pian piano si compose, le finestre cambiarono di forma. Non erano finestre, e non erano oltre il mare. Erano gli occhi di Andy, lì, accanto a lui.

Andy lo guardava, il volto nella sabbia, il busto ripiegato come un giunco dopo una mareggiata. La duna doveva aver ceduto, e ora Andy era accasciato lungo il fianco. Tremava, biascicando parole incomprensibili mentre la sabbia, sulla guancia, si mischiava alla saliva.

«O porca...» Dario si alzò. Lo afferrò per le ascelle, gli infilò la maglietta, si tolse la sua e gliel'avvolse intorno come una coperta.

«O porca...» ripeté.

Era freddo, ghiacciato, come se qualcuno l'avesse infilato in frigorifero.

«Tranquillo» disse massaggiandogli la schiena. «Tranquillo. Ora ti scaldi».

Ma Andy non si scaldò.

Rimasero abbracciati per un po', mentre l'aria della sera si faceva più affilata.

Poi si udirono voci provenire dalla strada. Alla luce di un lampione, un gruppo di ragazzi attraversava il lungomare.

«Ehi!» gridò Dario.

I ragazzi si fermarono. Dario lasciò Andy, risalì la spiaggia.

«Ehi» disse. «Ho un disabile, ha freddo, qualcuno può aiutarmi?»

Il biondo nel mezzo gli si avvicinò. Lo guardò, gli tolse dai capelli un ciuffo di alghe secche: «Quanta te ne sei fumata di 'sta roba?» disse.

Ci fu una risata generale.

Dario lo guardò. In qualsiasi altro momento gli avrebbe mollato un pugno in pieno volto. Invece disse solo: «Sei un idiota». E tornò alla spiaggia.

Andy continuava a tremare. Doveva portarlo via da lì, cercare un bar, qualcosa, un posto al chiuso.

Gli sorrise. «Tranquillo» disse. «Adesso ci scaldiamo».

Gli unì braccia e gambe, lo rimise sulla sedia.

Quando ritirò la mano si accorse che era bagnata.

Andy aveva i pantaloni fradici. Una chiazza vasta e scura si allargava intorno all'inguine.

«O porca...» disse ancora.

«Allora, cosa c'è?» Il biondino apparve dietro di lui.

Dario lo guardò. «Si è bagnato».

«In che senso?»

«Si è bagnato i pantaloni».

«Di pipì?»

«No, di Lemonsoda. Se l'è fatta addosso, non lo vedi? Reggilo, devo cambiarlo».

Mentre l'altro lo teneva sollevato, Dario gli sfilò i jeans, si levò i suoi, li mise a Andy.

«Che fai, resti in mutande?»

«E chi se ne frega, dai, aiutami».

Issarono la sedia sopra il dosso, sul ciglio della strada.

«Andiamo da me» fece il biondo. «Abito qui dietro, sono due minuti».

Risalirono la strada, svoltarono, imboccarono un cancello e attraversarono un cortile. Assi, secchi, pale, travi erano sparsi dappertutto. Al centro un vecchio frigorifero senza lo sportello se ne stava ritto come un totem in un villaggio indiano. Nel frigo, un fiore cresceva dentro a un vaso.

Entrarono in casa.

«Aspetta qui» disse. Sparì dietro a una porta, tornò

con un bastone appendiabiti e un radiatore elettrico. Aprì un armadio, tirò giù un plaid a scacchi rossi, lo porse a Dario. «Mettiglielo su».

Rimasero così per un bel po'. La spia del radiatore illuminava i loro volti di una luce strana, rossa, calda, come il fuoco finto di un presepe. E intorno al fuoco, un Giuseppe con in mano un bastone appendiabiti, una Maria rimasta in mutande, e un Bambin Gesù, in mezzo a loro, in carrozzina, che tremava di freddo.

Pian piano il Bambino si scaldò. E si addormentò nella sua culla.

Dario guardò il biondo. Sembrava più grande ora che lo vedeva bene.

«Grazie» disse. «Ti sono debitore».

Gli allungò la mano. «Dario».

«Rak».

Dario storse il naso. «Be', ti sono debitore lo stesso».

Undici

La notte passò veloce. Dario si era steso accanto a Andy, su un materasso al centro della stanza. E si era addormentato immediatamente.

Fuori il vento aveva continuato a soffiare fino a notte inoltrata inseguendo le nuvole che cercavano di sfuggirgli.

Quando Dario si svegliò, Andy dormiva ancora. Sul tavolo c'era una caraffa di caffè.

In quel momento rientrò Rak con una borsa di plastica. «Era ora. Hai dormito tutta la mattina».

«Che ore sono?»

«Boh, le undici, le dodici, una cosa così. Ho pensato io al tuo amico. L'ho portato in bagno. Non è mica facile, mi ha allagato il pavimento».

«È questione di pratica».

«E gli ho disinfettato la ferita, quella sulla mano. Ma mi sa che devi metterci qualcosa, tipo una pomata, o che so io. Più avanti c'è una farmacia».

Dario si sedette sul divano. La carrozzina giaceva vuota accanto al tavolino.

Oltre il tavolino, una pila di libri reggeva una sedia senza una gamba. Appena affianco un mobiletto rotto, alcuni attrezzi sparsi per terra, dei cartoni da imballaggio, scatole vuote ammassate sotto la finestra.

Dario prese la caraffa, si riempì la tazza, bevve un sorso.

«Allora» disse Rak sedendosi accanto a lui. «Che storia è?»

«Quale storia?»

«La tua. Cosa ci fai qui?»

«Be', non posso essere in vacanza?»

«Senza un posto dove andare? Difficile da credere».

Dario sorrise. «Hai ragione». Bevve un altro sorso. «Nessuna storia. Sono solo un idiota».

«Perché? Che cos'hai fatto?»

«Ho rapito uno scemo in carrozzella».

«Fico. E perché?»

«Non lo so». Scrollò le spalle. «È per questo che sono un idiota».

«Dai, uno lo sa perché fa certe cose».

«Be', non sempre. Non c'è sempre un motivo».

Rak sorrise. «Sì che c'è».

Dario aprì le braccia, indicò la stanza intorno. «Tu sai perché vivi con tutto 'sto casino?»

«Certo che lo so. Non mi piace finire le cose che comincio. È come se chiudessi delle strade. Io ho bisogno di avere strade aperte, sennò dove vado quando mi sento in trappola?» Guardò Dario. Tutti hanno bisogno di avere strade aperte».

Dario si alzò, si chinò su Andy, gli asciugò il mento.

Fuori il vento si stava alzando, e sbatteva ritmicamente un telo di plastica contro la finestra.

«Allora» chiese Rak. «È lui?»

«Che cosa?» disse Dario.

«Come cosa? La tua strada aperta».

Dodici

Dario chiuse la chiamata e fissò il vuoto davanti alla finestra.

Le parole del preside gli risuonavano ancora nelle orecchie... *Torna qui! Torna qui immediatamente! Stai rischiando l'istituto correzionale!*

Dario non sapeva bene cosa fosse un istituto correzionale, ma non suonava come un albergo a cinque stelle. Probabilmente era un collegio, o qualcosa simile a un carcere. Certamente non un posto per trascorrere le vacanze estive.

Il cellulare vibrò ancora. Lo spense, lo rimise in tasca.

Fuori, in giardino, Andy e Rak sedevano insieme, due bicchieri posati su un sacco di cemento. Sembravano vecchi amici. Che parlavano. E guardavano un fiore crescere dentro a un frigorifero.

Dario sorrise. A chi verrebbe in mente di piantare un fiore dentro un frigo? Eppure eccolo lì quel fiore, e non si lamentava. Cresceva e non si lamentava. In pace. Con tutti. E con se stesso.

Dario si lasciò cadere sopra il materasso, ancora a terra al centro della stanza. Un materasso, un frigo rotto, un fiore che non si lamenta, perché non poteva essere tutto così semplice? Lui non chiedeva altro che di essere lasciato in pace, dalla vita, dagli altri, da quelli che ti dicono che cosa fare. Perché non si poteva essere come quel fiore, a cui bastava un frigo rotto per vivere tranquillo? Un fiore che faceva la sua vita da fiore così, semplicemente. Perché un uomo non può farsi la sua vita da uomo senza che qualcun altro si intrometta?

Si alzò. Uscì in giardino.

«Allora?» chiese Rak. «Cos'hanno detto?»

«Chi?»

«La scuola. Non l'hai chiamata?»

«Sì, sì, l'ho appena fatto».

«Be', cos'hanno detto?»

«Niente». Rak lo guardò. «Ho spento il telefono».

Si sedette sull'erba accanto a Andy, che gorgogliava verso il sole tiepido.

«Be', se vuoi puoi restare qui» disse Rak. «Di posto ce n'è». Dario non rispose. «A meno che tu non voglia tornare a casa. Vuoi tornare a casa?»

Il mare, oltre il giardino, si allargava sotto il cielo striato dalle nuvole. Sole, acqua, mare, cielo. E vento, che portava ovunque l'odore del sale.

Dario socchiuse gli occhi. «È lontana Torre Saracena?»

«No, non molto. Perché? Che c'è a Torre Saracena?»

«Mio padre. Credo. Cioè, era lì fino a due anni fa».

Si sollevò, estrasse il portafogli dalla tasca dei jeans. «Vedi?» Mostrò a Rak una cartolina.

Sul retro, una scrittura nervosa e poco chiara diceva: *Ciao, io sto bene. Flora è forte, ha i capelli verdi, un giorno la conoscerai. Papà.*

«Il timbro dice Torre Saracena».

«Te l'ha mandata lui?»

«Immagino di sì. L'ho trovata in un cassetto nell'armadio di mia madre».

Rak guardò la cartolina.

«E Flora sarebbe...?»

«La tipa che ora sta con lui, credo».

«Coi capelli verdi».

«Non è mica un crimine».

Andy si era di nuovo appisolato. La ferita sulla mano stava diventando gialla. Forse ci voleva una pomata.

«E perché vuoi andare da lui?»

«Be', perché no? Già che sono qui. Cioè, sono nove anni che non ci vediamo».

«Bravo. Sì. Fai bene. Anch'io vorrei andare da mio padre. Lo vorrei, anche se non posso».

«Sta molto lontano?»

«Abbastanza. È morto un anno fa».

Dario lo guardò. Non sembrava uno che soffrisse per la morte di suo padre. Ma neanche Dario sembrava uno che avesse voglia di andare a trovare il suo.

Rak si alzò. «Mio padre» disse. «La mia unica strada chiusa».

E rientrò in casa.

Tredici

Andy attendeva davanti alla porta di ingresso.

Il sole era già alto sopra il mare. Il cielo sgombro e azzurro come in una cartolina.

Dario afferrò i manici della carrozzina.

«Sei pronto, Andy?»

Lo guardò, guardò la stanza. A terra c'era ancora il materasso su cui Dario aveva dormito, e il plaid, buttato da una parte accanto al radiatore.

Andy roteò gli occhi. Anche a lui probabilmente dispiaceva lasciare quella casa. *Dobbiamo proprio andarcene?* diceva con lo sguardo.

«Magari ci torniamo».

Andy sorrise.

«Un giorno, eh? Che dici?»

Sì, un giorno. Così vediamo se il fiore è diventato un albero.

Dario rise. «Così vediamo se il fiore è diventato un albero».

Uscirono in giardino.

Dalla rimessa si udivano dei colpi, e il rumore di un motore che girava.

«Rak! Noi andiamo. Volevo salutarti».

Rak uscì dalla rimessa.

«Di già?»

«Sì. Così abbiamo la mattina. Senti, grazie della roba che mi hai dato».

«Figurati». Sorrise. «Tanto dovrai restituirmela». Nella rimessa il motore scoppiettò. «Niente» fece Rak. «È una cosa a cui sto lavorando. Uh, che scemo!» disse portandosi una mano alla testa. «La sto facendo per te, quasi mi dimenticavo!»

Entrarono. Un motore era appoggiato su un carrello, e girava, fra i tubi di acciaio che lo tenevano agganciato.

«Vedi?» disse Rak.

«Che cos'è?»

«Be', questo è un motore che avevo qui da un po'. Ma io l'ho fatto diventare una *rak-mobile*».

Dario alzò le sopracciglia.

«È come una *bat-mobile*, ma è per Andy, si aggancia alla sua sedia. Ci ho pensato ieri sera, mi sono dimenticato di fartela vedere».

Levò di tasca un foglio spiegazzato. «Vedi, è facile. Ha un manubrio, che si innesta su un telaio dentro al quale c'è il motore. La comandi con i manici. Non aspettarti un bolide, eh, però cammina. C'è anche un predellino, così puoi starci in piedi, e guidarla come fosse, che so, un monopattino. L'ho quasi terminata, poi la montiamo sulla sedia».

Dario rise. «Rak, non so che cosa dire».
«Che sono un genio?»
«Che sei un genio».
Che sei un genio ribadì anche Andy.

Quando ripartirono, il sole era ancora alto nel cielo. La *rak-mobile* era un gioiello, un gioiello lucido e perfetto che sembrava appena uscito dalla fabbrica. E che ora scivolava sull'asfalto portando Dario e Andy verso la campagna.

Quattordici

Andava proprio che era una meraviglia, la *rak-mobile*, fluida, liscia, come olio. Ogni tanto scoppiettava, e Andy sobbalzava sul sedile. Sembrava quasi lo facesse di proposito, e si metteva a ridere ogni volta che accadeva.

L'aria era frizzante, come fosse ancora primavera. La giornata ideale per una partenza.

Sulla carta che Rak gli aveva dato, Dario aveva segnato un percorso a zig zag attraverso ciclabili e strade di campagna, che evitava le strade principali.

Passarono prati, alberi, canali artificiali, case sparse, e campi coltivati gialli, rossi, verdi.

Ogni tanto i contadini che lavoravano la terra alzavano la testa, e li guardavano passare. La *rak-mobile* li superava scoppiettando e continuava la sua corsa. E Dario salutava con la mano. Qualcuno ricambiava il saluto, qualcun altro li guardava, come il pubblico al Giro d'Italia.

«Salve» diceva Dario salutando. E Andy si metteva a ridere.

Attraversarono un paese, case basse sparse su un crinale. Un trattore scendeva da un campo di papaveri. Girò sulla strada, proseguì verso di loro, incrociò Dario che procedeva in direzione opposta.

«Salve» disse Dario. L'uomo alzò la mano.

Poi piegò di nuovo verso i campi e risalì la collina.

Dario si accorse solo all'ultimo dell'auto che aveva rallentato. Sterzò, si rimise in carreggiata, la oltrepassò guardando con la coda dell'occhio il lampeggiante acceso.

«Ehi» gridò l'agente.

Dario si fermò.

Quello scese, si avvicinò, lo squadrò per un secondo.

«Dove stai andando?» domandò.

«A casa. Da mio zio» rispose Dario. Si grattò la testa. «Cioè, la casa è di mio zio, io sono qui in vacanza».

L'agente osservò la sedia. I tubi cromati luccicavano al sole.

«Tuo zio?» ripeté.

«Mio zio. Perché?»

«E chi è tuo zio?»

Dario si girò. Vide il trattore che saliva lentamente la collina. «Là, nel campo, non lo vede?» Alzò la mano. «Ohi!» gridò. L'uomo si girò e ricambiò il saluto.

Dario sorrise. «Mio zio» disse all'agente.

L'agente non rispose. Guardò di nuovo la *rak-mobile*, batté il piede sulla ruota. «Non ti serve una patente per guidare quest'affare?»

«Una patente? No, me lo chiedono tutti. È una sedia a rotelle, mica un motorino».

«Be', ha un motore a scoppio. Io non ne ho mai viste così».

«Anche un tagliaerba ha un motore a scoppio. Ci vuole una patente per guidare un tagliaerba?»

L'agente alzò un sopracciglio. Fece il giro della sedia, si grattò la testa.

Dario alzò le spalle. «Guardi che non porterei mai in giro mio cugino se servisse una patente. Non sono mica uno sconsiderato». Ci mise un attimo prima di pronunciare quella parola, non era ben sicuro del suo significato. Ma faceva un bell'effetto "bravo ragazzo". «Domandi a mio zio se non ci crede» aggiunse voltandosi verso la collina.

L'agente guardò Andy. Andy gli sorrise.

«Va bene» fece quello. «Ma è meglio se usi un casco».

«Un casco?»

«Uno tu e uno tuo cugino. Sei comunque su una strada».

Dario non rispose.

«E sta' attento. E guarda avanti».

Guarda avanti tu, pensò Dario. «Certo».

L'agente risalì in auto. Si sporse, salutò e ripartì.

Passò davanti al campo, diede un occhio all'uomo sul trattore, ormai in cima alla collina, e proseguì oltre la curva.

Dario tirò il fiato, rimise in moto la *rak-mobile* e ripartì.

Superò le prime case, entrò in paese, passò un'edicola, un alimentari. La luce verde di una farmacia balenò nell'aria calda. Accostò, spense la *rak-mobile*.

La porta si aprì con un *dling*.

«Buongiorno, ragazzo» fece una donna dietro a un bancone. «Cosa desideri?»

«Mio cugino si è tagliato. A una mano».

«Fa' vedere». La donna si sporse, osservò il taglio. «Si sta infettando, ti serve un antibiotico. Com'è successo?»

«Di preciso non so... Un chiodo, uno spigolo... Non so bene». La donna lo guardò. «Mica sto tutto il giorno a badare a mio cugino».

«Be', forse dovresti». La donna si girò, aprì un cassettino. «Ti do una pomata» disse mettendo un tubetto sul bancone. «Mettigliela due volte al giorno finché la ferita non va a posto».

«Serve altro?»

«No, nient'altro». Guardò Andy. «Oh no!» esclamò. «Un'altra volta!»

«Che succede?»

«Si è bagnato».

«In che senso?»

Dario sbuffò. Guardò la donna. «Non è che avrebbe pannolini grandi?»

Quindici

Dario non sapeva che esistessero pannolini per adulti. Evidentemente Andy non era il solo ad averne bisogno. Chissà perché nessuno ci aveva pensato, nemmeno Elisa, che prevedeva perfino quando Andy avrebbe sbadigliato.

Nonostante i pannolini, però, a Andy serviva un cambio: biancheria pulita, pantaloni di riserva.

Dario riprese la strada, scese il dosso, passò l'alimentari; dov'è che aveva detto la donna, sotto il ponte e poi a sinistra?

Il centro commerciale gli apparve come un'astronave in mezzo alla campagna. Enorme. Gigantesco.

Entrarono. Presero le scale mobili che portavano di sopra, mentre Andy voltava la testa a destra e a sinistra, guardando la luce che entrava frammentata dalle finestre. «Ole... Ole... Ole...» ripeteva. E rideva, sobbalzando sulla sedia.

La scala terminò. Andy reclinò la testa.

«Ole!» disse ancora scuotendo la sedia.

«Attento! Così mi fai cadere!»

«Ole!»

«Basta. Cosa c'è?»

«... Ncora».

Dario lo guardò. «Ancora?»

«Ncora...»

«Vuoi fare un altro giro?»

Andy rise, cominciò a oscillare.

«Ma sì, chi se ne frega, tanto abbiamo tempo».

Ripresero la scala che portava giù.

Andy sorrideva, e Dario pensava che era come portarlo sulle giostre.

Fecero avanti e indietro per mezz'ora su quella scala mobile, avanti e indietro, all'infinito. Ed era bello. E nuovo. E rassicurante. È una strana sensazione ripetere e ripetere un'azione, la stessa, sempre uguale; a un certo punto l'azione non c'è più, e quello che rimane è la sua ripetizione, ciclica, costante, come un mantra, come una cantilena, come una ninnananna che ti culla, e ti fa stare bene.

Nel reparto abbigliamento non c'era anima viva. Andy rideva, mentre Dario passava per le corsie. Muoveva la testa come quei pupazzi che si mettono sui cruscotti delle auto. Gorgogliava, indicava con il mento, Dario si fermava e sfilava le magliette dalle grucce. Poi gliele appoggiava al petto e Andy sorrideva, e faceva mille smorfie, se gli piaceva oppure no, con gli occhi, con la bocca, con la lingua.

Provarle, le magliette, fu un po' più complicato. Con la sedia Andy nel camerino non ci entrava. E Dario fu costretto a denudarlo in mezzo alla corsia usando il camerino come appendiabiti.

Fa' piano, diceva Andy mentre Dario gli piegava il braccio. E torceva il collo e rideva e continuava a dire: *Sono disabile, mica sono di gomma!*

Quando si diressero all'uscita, Andy aveva indosso un paio di jeans nuovi, una maglietta strafichissima con un cobra disegnato sul davanti e un paio di calze a righe verde lime. Sulla testa portava un caschetto da ciclista bianco e rosa, e di una taglia più grande perché, provato il primo, non c'era stato verso di convincerlo a cambiarlo, quello voleva e quello era rimasto.

La cassiera gettò un occhio a Dario. «Devi mettere tutto sul bancone» disse masticando un chewing-gum.

«Come sul bancone?»

«Quello che hai comprato. Devi metterlo qui sopra, sennò come lo passo?»

«Ci sta anche la sedia?»

«Quale sedia?»

«Ha visto che il mio amico è su una sedia?»

Quella allungò il collo. Guardò Andy. Sbuffò. Prese il lettore e fece il giro del bancone. Poi tornò al suo posto. «Sono quarantasei e cinquanta».

«Quarantasei...» esclamò Dario. «Mi sei costato un botto, lo sai?» disse a Andy cercando i soldi nella tasca.

Pagò, uscirono, ripresero la strada.

«Meno male che gli slip ce li hanno regalati» disse Dario mentre risalivano verso la collina. «Poi te li tolgo da sotto il sedere».

Sedici

Andy aveva chiuso gli occhi e volto il viso al sole, altissimo nel cielo. E sorrideva, seguendo l'andamento della strada, muovendo la testa in su e in giù mentre il caschetto gli ballava sulla fronte.

«Sembri uno scemo da corsa» gli aveva detto Dario.

«... Emo da cossa» aveva ripetuto Andy. E aveva riso per almeno tre chilometri.

E mentre Dario lo osservava, e lo vedeva magro e curvo e piccolo dentro a quella sedia, pensava che in realtà non sembrava affatto uno scemo. Sembrava piuttosto una cosa bella. È strano il concetto di bellezza, ognuno ha il suo. Se ne possono trovare un milione di persone che dicono che una cosa è bella quando tu dici il contrario. E viceversa.

Be', a Dario Andy pareva una cosa bella. Forse perché era così fragile. Come un oggetto di cristallo. O come un fiore. Anzi, a ben guardare Andy sembrava quel fiore che Rak teneva dentro al frigo. Gli assomigliava anche a quel fiore, a farci caso, entrambi gracili, sottili, entrambi chiusi dentro a un mondo piccolo e segreto fatto di luce e d'aria e di nient'altro perché era quello che gli era toccato in sorte.

Ma chi ha detto che un fiore deve stare dov'è nato? Non basta un po' d'acqua, un po' di luce per far crescere le cose? Non basta un po' di sole? E ce n'è tanto di sole a questo mondo. Chi lo dice che un fiore è destinato a stare lì dove si trova?

Un bar comparve a lato della strada. Una porta azzurra sotto un'insegna gialla.

Dario accostò, spense la *rak-mobile*.

«Andy, svegliati, mangiamo qualche cosa».

Entrarono. La porta tintinnò.

«Ciao ragazzi» disse l'uomo dietro al banco.

«Buongiorno. Avrebbe dei panini o qualche cosa?»

«Sì, ne ho con il prosciutto e con il formaggio».

«Va bene».

«Quali?»

«Tutti. E dell'acqua».

«D'accordo, va' a sederti. Te li porto io».

Dario sorrise e si avviò a un tavolo.

Sorridi, suo padre glielo diceva sempre. Sorridi, gli diceva, quando qualcuno se ne va, guardalo e sorridi. Vedrai che si ricorderà di te.

Con mamma non aveva funzionato. Si era dimenticata in un mese di papà, forse anche meno. E non ne aveva più parlato, mai, neanche una volta. Ma mamma in verità non si capiva mai cosa pensasse veramente. Era impenetrabile. Una statua. Qualunque cosa succedesse, lei aveva sempre quella faccia, una sola, sempre quella. Ma che razza di madre è una che non capisci cos'ha in testa? Dovrebbe essere una cosa dei figli, non dei genitori, i genitori dovrebbero fartelo capire, sempre, sono genitori, devi capire quel che pensano. E anche se poi di quel che loro pensano non te ne frega niente, tu lo sai, comunque tu lo sai, e sai quali sono i tuoi punti cardinali.

Ma forse mamma non era nata per fare la madre. E neanche la moglie, a quanto pareva. E forse era anche per questo che papà se n'era andato.

L'uomo tornò con i panini e due bicchieri d'acqua. Disse qualcosa, ma Dario non sentì. Pensava a sua madre, sul treno, con la borsa rossa, quando andavano insieme a San Vincenzo, tutti quanti, con papà, che sorrideva e guardava dal finestrino. E ogni volta, quando il treno si fermava, si alzava e si affacciava dal vagone, e gridava alla gente che aspettava lungo la banchina: «San Vincenzo! È tornato Dario il Grande!» Ogni volta. Sempre. Come un rito.

Dario il Grande adesso non c'era più, e di San Vincenzo restava una scatola di legno con la chiesa e la piazza principale dipinta sopra, chiusa nell'armadio in camera di mamma. Ci metteva i soldi, quelli per le spese, in realtà molto più di quanto servisse per le spese. E Dario lo sapeva. Quella scatola gli aveva procurato più di qualche sigaretta. Non se ne accorgeva, mamma, non se ne accorgeva mai. Forse neanche sapeva quanti soldi ci infilava, almeno a giudicare da quelle banconote tutte accartocciate, buttate lì, come in attesa di finire nel cestino della cartastraccia. E invece che nel cestino, finivano nelle tasche di Dario.

Come il giorno prima. Dario si era infilato in tasca tutto il contenuto della scatola, come se sapesse, come se fosse programmato che quel giorno avrebbe preso un treno diretto a chissadove. Era una bella cifra per un ragazzo, c'era di che starsene lontani per un po', in pace, via da tutto, dalla scuola, dal mondo, in un posto qualunque purché non fosse lì. Via da quello schifo.

Guardò Andy, silenzioso, come sempre. Sembrava assorto in qualche suo pensiero. Le labbra strette, la lingua fuori, come quando si è concentrati in qualche cosa.

«Oh» disse Dario. «Ti scappa ancora?» Sorrise. «Abbiamo fatto bene a comprare i pannolini».

Andy non rispose. Teneva gli occhi fissi, sul tavolo, davanti a sé.

«Vuoi mangiare? Cosa vuoi, quello col formaggio?» Gli porse uno dei panini.

Poi si accorse della mano, la destra, quello con il taglio. L'aveva sollevata dal bracciolo e allungata fino al bordo del tavolo, e ora muoveva le dita sulla tovaglietta, aprendole e chiudendole in direzione del bicchiere.

«Aspetta, lascia» disse Dario. «Ti aiuto io». Allungò la mano, afferrò il bicchiere, lo sollevò.

Poi esitò. Lo rimise a posto.

Andy lo guardò. Guardò il bicchiere. E riprese a muovere le dita, lentamente, avanti e indietro. Le apriva e le chiudeva, con gesti piccoli, minuti, come per colmare la distanza fra le dita e il bicchiere. Sembravano le zampette di un granchio che cerca di scalare uno scoglio insormontabile. Poi lo scoglio cominciò a muoversi; la tovaglietta si accartocciò sotto le dita, e il bicchiere oscillò, avanzando, lentamente, verso di lui.

Dario rise. Gli venne in mente Maometto e la montagna, di cui qualcuno gli aveva raccontato. Non sapeva in quel momento chi fosse l'uno e chi l'altra ma che importava, entrambi adesso si stavano muovendo.

Ci vollero cinque minuti d'orologio prima che Maometto incontrasse la montagna. Ma lo fece, e adesso erano lì, l'uno davanti all'altra, esausti, entrambi.

«Aspetta» disse Dario. Si allungò, sollevò il bicchiere. «Adesso faccio io».

Andy lasciò la presa, sospirò, reclinò la testa.

«Sei stato bravo» disse Dario. «Sei stato molto bravo. Lo vedi allora che eri capace?» Gli accostò il bicchiere alle labbra.

Andy sorrise facendo bolle sulla superficie. Un fiotto d'acqua gli scese lungo il mento.

Che credevi? disse. *Sono disabile, non sono mica scemo.* E rise ancora.

Mangiarono.

Guardarono le auto passare sulla strada.

E rimasero seduti finché il caldo nel locale non divenne insopportabile.

Diciassette

Sale, onde, grida di gabbiani. Il sole era caldissimo, basso sul lungomare. Pareva voler scendere ad abbracciare tutto il tratto di costa fino al promontorio. Lungo la passeggiata uomini, donne, coppie con bambini, capannelli vocianti di ragazzi e ragazze.

Dario era accovacciato su uno degli scogli a ridosso della massicciata. Sudato. I muscoli tesi e pronti per lo scatto. Un sorriso di sfida e di fierezza sulle labbra.

Guardò il padre, accanto a lui, le dita delle mani aperte sulla roccia, le spalle in avanti come un vero corridore. Lo guardò più volte, cercò la posizione, imitando la sua.

«Pronto» disse quindi.

«Sicuro?» rispose il padre senza voltarsi. «Allora al tre...»

Dario fece un respiro, aspirando dalle narici l'aria carica di sale e di energia. Teneva gli occhi fissi sul traguardo, quel bar azzurro e bianco alla fine della massicciata.

«Uno...»

Dario il Grande. Dario il Corridore. Forse era proprio

quello che avrebbe voluto diventare, un corridore. Correre gli piaceva, più di ogni altra cosa. Ed era veloce.

«Due...»

O magari avrebbe fatto altro, chi lo sa, a sette anni si ha la testa piena di sogni imperscrutabili. Ma di certo, qualunque cosa fosse diventato, sarebbe stato come suo padre, Dario, sarebbe stato il Grande.

«Tre!»

Scattò, fulmineo, imprimendo tutta la sua forza alla gamba di spinta. Non stette nemmeno a guardare se papà fosse partito.

Corse come non aveva mai corso, volando nel vento, saltando da uno scoglio all'altro mentre il piede cercava la presa sulla roccia con le dita aperte.

Sentì la voce di sua madre che si alzava in mezzo al cielo e si univa alle grida dei gabbiani che il vento attorcigliava.

Poi qualcosa sventolò, saettandogli davanti agli occhi; la presa che mancava, la caviglia che si torceva sul bordo della roccia, la caduta, improvvisa, in avanti. E il dolore, tagliente, fino al polso, del gomito che batteva sulla roccia.

Dario non gridò – Dario il Grande non grida.

Si rialzò, rimase immobile sullo scoglio scivoloso, gli occhi stretti da spilli arroventati.

Papà si avvicinò. «Allora? Tutto bene?» Fece un cenno a mamma, *a posto, a posto, non è niente, il nostro Dario è forte, è un Grande il nostro Dario*. E lo abbracciò, una presa come un lottatore.

«Ricordati» gli disse guardando davanti a sé. «Ricordati di oggi. Tu sei Dario il Grande, e i grandi non piangono. Per nessun motivo».

Dario non rispose. Sentì quel braccio comprimergli la spalla e si girò, mentre una lacrima rotolava di nascosto sulla guancia.

Si svegliò. Andy dormiva accanto a lui. Osservò la strada che correva appena sotto, e le cornacchie che volteggiavano gridando. Si alzò, si scosse i pantaloni e levò dalla tasca la cartina.

Avevano percorso quanto, dieci, quindici chilometri da quando avevano lasciato Rak? Aveva immaginato un viaggio un po' più rapido ma d'altronde la *rak-mobile* era pur sempre una carrozzina. Ad ogni modo, fretta non ne avevano, né lui, né Andy. Anzi, a Dario piaceva attardarsi, specie nelle cose che gli venivano imposte. Era una delle cose che rendevano il mondo un po' più sopportabile. Gli dava un senso di dominio, e di onnipotenza, attardarsi era come avere il potere sulla propria vita, era come poter decidere se accendere il mondo oppure no.

Si chinò su Andy. I pantaloni erano asciutti intorno all'inguine. Sorrise. Sì, geniale l'idea del pannolino. Andava solo cambiato, di tanto in tanto.

Gli tolse le scarpe, gli sfilò i jeans.

Rimase a bocca aperta. L'inguine di Andy era rosso come un'aragosta. Ma i pannolini non devono assorbire tutta l'acqua? Non sono fatti apposta?

Si passò una mano fra i capelli, gettò a terra i pantaloni, si girò.

No, cavolo, non aveva voglia di problemi. Se li era lasciati indietro i problemi, a scuola, a casa, in quello schifo di posto da cui se n'era andato.

Si girò, aprì i velcri sui due lati. L'irritazione si estendeva anche alle natiche.

E va bene, disse Dario, stai così, chissenefrega, senza niente. Anzi, meglio, molto meglio, senza slip né pantaloni, all'aria aperta, l'aria aperta fa bene.

Come il sole.

Guarisce.

Ogni cosa. Nel fisico e nell'anima.

Si sdraiò di nuovo, mentre Andy continuava a dormire. Quasi quasi ci stava una canna.

Quasi quasi. No, non subito.

Si alzò, aprì il sacchetto della farmacia, stese un velo di pomata sopra la ferita.

Ecco, adesso sì. Adesso ci stava anche una canna.

Ma forse no, non ne aveva voglia.

Quello di cui davvero aveva voglia era riposare.

Riposare. Quello sì.
Si sdraiò sul prato.
E chiuse gli occhi.

Diciotto

A volte basta un momento o un giorno giusto; i pianeti che si allineano, Venere che entra nella casa di Saturno, vai a immaginare. E d'un tratto il filo di un ricordo emerge, all'improvviso, come un fiore che spunta col suo stelo dove prima c'era solo sabbia.

Può succedere dovunque, a qualunque latitudine, a qualunque persona sulla terra.

A Dario. A Andy, anche.

Sì. A Andy.

Un pulmino. Una strada. Il gruppo dei compagni, mamma che gli teneva la mano mentre gli altri lo caricavano col sollevatore. I ragazzi erano già a bordo, le voci accese e concitate nella prima domenica di primavera. La gita era fissata da mesi, e Andy era attrezzato di tutto punto: scarpe nuove, maglietta di Spiderman, zainetto verde con le cinghie gialle. Fabiola gli sorrideva dalla porta del pullman. *Dai, Andy, ti stiamo aspettando* diceva piegandosi vero di lui. *Arrivo*, rispondeva Andy, *faccio più in fretta che posso*, ma intanto sporgeva il busto dal lato della carrozzina, per rendere più difficili le operazioni, e rideva.

Il caos, i compagni, le voci che ridevano e urlavano e chiamavano, che di solito lo gettavano nel panico costringendolo a piangere più forte che riusciva per non sentirle più ma ora no, ora erano come grida dei gabbiani, piene di sole, di vento, di energia. Piene di *Andy, Andy, vieni, dai*.

Strada, prato, asfalto, sprazzi di luci dal finestrino. Il pulmino che andava veloce, lasciando indietro alberi e case. Fabiola gli parlava piano, in tono lieve, soffice, come musica fatta di lana. Andy rideva e roteava gli occhi seguendo la lana che la musica srotolava. Era brava Fabiola, lo faceva star bene, solo lei ci riusciva. Anche gli altri, lì al Centro erano bravi, ma Fabiola era speciale.

A volte Andy le parlava, con gli occhi, come sapeva fare lui e le diceva nel suo modo silenzioso. *Sei tu la mia fidanzata?* E Fabiola rideva. *No che non lo sono* rispondeva, *ma se vuoi facciamo finta*. Poi gli si metteva vicino porgendogli la guancia. *Dai, Andy* faceva socchiudendo gli occhi, *non mi dai un bacino?* Andy allungava le labbra e le schioccava un bacio sulla guancia, e allora Fabiola era come se davvero fosse la sua fidanzata, e Andy era contento.

Poi un giorno era venuta da lui e gli aveva detto che il Centro chiudeva, che chiudeva perché non avevano più soldi. E Andy non capiva, e piangeva perché Fabiola andava chissà dove, e al posto suo veniva un'altra, che non era lei, non era più Fabiola, si chiamava Elisa.

Ma Elisa non valeva un fico secco. Andy lo aveva capito il primo giorno che si era presentata. *Questo dev'essere Andy* gli aveva detto sorridendo, *questo*, come se parlasse a qualcun altro. *Come sta il nostro piccolo campione?* Non lo aveva neanche guardato negli occhi, Elisa, guardava in giro, e guardava l'uomo che l'aveva accompagnata. Fabiola invece era la prima cosa che aveva fatto, guardarlo, lo aveva guardato negli occhi, e Andy si era sentito a casa.

Aveva occhi grandi Fabiola. *Aaaaahm...*, diceva ridendo, *è per mangiarti meglio.* Occhi grandi e chiari. Ti guardavano e ti ci perdevi dentro, e ti dicevano *qui sei a casa tua*, e ti accompagnavano prendendoti per mano. Certe volte nei suoi occhi ci vedevi il cielo, come dentro a una finestra, e se guardavi bene ci vedevi anche te stesso, riflesso dentro al cielo, sospeso come un aquilone fra le nuvole.

Anche gli occhi di Elisa erano chiari, ma dentro non ci vedevi niente, né il cielo, né le nuvole. Non c'era niente dentro, c'era Elisa e basta.

Andy sorrise. Il pulmino svoltava entrando nella via principale. La piazza, la chiesa, bianca, grandissima. E il sole che si allargava riempiendo la facciata. Era bella Bergamo, era la città più bella del mondo. Andy in verità non ne aveva viste altre, ma era sicuro che Bergamo fosse la più bella, di tutte, in assoluto. *Èggamo*, gridava, *bella Èggamo.*

Il pulmino si fermò. I ragazzi scesero, fra urla e risa, un gregge, uno stormo colorato di rosa, azzurro, verde, rosso. Andy passò di mano in mano, e tutti, tutti quanti spingevano la sedia, tutti quanti, e di ognuno Andy sentiva il respiro gioioso e affannato scivolargli dentro il collo, come un vento allegro.

Piazza, risa, grida, vento e, su tutto, il tocco caldo e magico del sole.

«Andy...»

La voce di Dario risuonò lontana, come in una nebbia.

«Andy, svegliati, dai che ripartiamo».

Andy aprì gli occhi.

Guardò Dario, chino su di lui. Sorrise. Aprì la bocca.

«Èggamo» disse.

«Èggamo?» ripeté Dario. «Non ho idea di cos'è Èggamo, ma dev'essere qualcosa di piacevole».

«Bella Èggamo».

Dario rise. «Se lo dici tu».

Diciannove

Scivolarono, per il resto della giornata, su strade e colli e piane. E sul filo dei ricordi, che di tanto in tanto disegnavano sorrisi sul viso di Andy. E Andy sussultava, e alzava gli occhi, fissando Dario coi suoi occhi neri e mobili. «Che c'è?» chiedeva Dario. Andy rideva e tornava a guardare avanti.

Strade.

Colli.

Piane.

Il filo dei ricordi.

Poi Dario rallentò. Un'insegna gialla e nera sfilò a lato della strada. «Sembra un buon posto per mangiare».

Andy gorgogliò muovendo la testa in su e in giù.

«Resta qui» disse Dario spegnendo la *rak-mobile*. «E metti l'antifurto».

E sparì dietro una porta in legno scuro.

Andy guardò l'insegna, la porta, e il muro della casa su cui un rampicante intrecciava strade tortuose.

Anche al Centro c'era un rampicante, che si aggrappava al muro esterno e saliva per due piani fino al tetto.

Fabiola diceva che da lì si poteva arrivare al sole, e che alcuni ci avevano anche tentato, ed erano caduti, e per questo un giorno qualcuno aveva chiamato degli uomini a tagliarlo. Perché è pericoloso arrivare fino al sole.

A Andy però sarebbe piaciuto arrampicarsi, salire lungo il muro come una lucertola. Se avesse avuto gambe vere, ci avrebbe provato subito, immediatamente, sarebbe stata la prima cosa che avrebbe fatto. O forse no, forse la prima sarebbe stata correre. O saltare. Sì, saltare. Sentire all'improvviso il mondo che si stacca e poi tornare giù, *bum*!, i piedi di nuovo sul terreno. Saltare non puoi farlo se ti trovi su una sedia. Puoi correre se vuoi, puoi andar veloce, Fabiola a volte lo faceva, e spingeva Andy lungo la discesa. Ma saltare no.

Si udì una voce, scura, arrabbiata.

«Stronzo!» gridò Dario uscendo dalla porta.

Uscì di spalle, inciampando, come fosse stato spinto.

«A chi hai detto stronzo?» disse un uomo affacciandosi alla porta. Guardò Dario, guardò Andy. Fece un gesto con la mano. «Vattene, va!» disse. E sparì richiudendo la porta alle sue spalle.

Dario fece un gestaccio. Raccolse un sasso, lo lanciò contro la porta.

Che succede? chiese Andy.

«Andiamo via» rispose Dario.

Ma cos'è successo?

«Niente è solo uno stronzo».

«Tronzo...» ripeté Andy.

«Esatto. E noi qui non ci mangiamo».

«Tronzo...»

Dario rise. Salì sulla *rak-mobile* e si avviò.

Cominciava a farsi scuro. Alcune luci si accendevano sulle colline intorno.

Nessun posto per fermarsi, nessun bar, locanda, il nulla. Il vuoto. Il deserto.

Poi una luce sulla strada. Una casa. Una finestra.

Dario fermò la carrozzina.

Sulla porta non c'era campanello. Si sporse, bussò al vetro.

«Chi è?» chiese una voce.

«Mi scusi, mi sa dire se c'è un posto per mangiare?»

Una donna si affacciò dietro alla finestra.

Dario le sorrise.

«Cosa vuoi?» disse aprendo i vetri.

«Solo un posto per mangiare. E per dormire magari».

La donna lo guardò, sporse la testa, guardò Andy, aggrottò le sopracciglia.

«Perché?» disse.

«Perché è ora di mangiare, e poi sarà ora di dormire».

«E perché non siete a casa vostra?»

«Be', casa nostra è un po' lontana. Non c'è un posto qui vicino?»

«Lontana dove?»

«Un bel po'».

«E dove andate?»

«A Torre Saracena».

«A fare che?»

Ma saranno affari miei? «... Da mio padre. Abita lì. Allora, c'è un albergo, qualcosa, una pensione?»

«No, niente alberghi».

«Delle camere, magari, che ne so».

«Niente camere».

«Ma ci sarà qualcosa. Dov'è che dorme la gente che viene qui?»

«Nessuno viene qui».

Ma va'?, pensò Dario.

La donna indicò la strada alzando il mento. «C'è la chiesa più avanti. Provate a chiedere del parroco».

«Ci può ospitare?»

«Non lo so. Provate a chiederglielo. Se lo trovate, però».

Dario sbuffò. Guardò la strada che si inoltrava nella sera. «Non avrebbe dei cracker, dei biscotti, qualcosa da mettere sotto i denti?»

«Ho del pane, ma mi serve per le galline». Dario non rispose. Non gli veniva nulla di gentile in quel momento. «Aspetta qui» disse la donna. E sparì all'interno.

Dario si sedette contro il muro della casa.

Un campanile rintoccò da qualche parte. Le nove. Ma

in che diavolo di posto erano finiti? Un'auto passò illuminando un tratto di collina.

«Qui facciamo notte» disse Dario a bassa voce. Immaginava la donna ritornare dopo ore, con una cuffia bianca in testa come la vecchina di Pinocchio, che in realtà, nella storia, era una chiocciola.

Pinocchio, pensò Dario, che storia assurda. Senza un dove, senza un perché. Il Gatto, la Volpe, il Grillo che poi aveva fatto la fine che si meritava, la Fata coi capelli da fumata, per non parlare della Balena, che non s'è mai vista una balena che si mangia una barca tutta intera.

Eppure in qualche modo gli piaceva. Forse proprio perché era così strana. Aveva una bellezza antica, come le cose di una volta. Come un pizzo, o un ricamo. Cose vecchie. Ma garbate.

Gliela leggeva mamma, la sera, e anche la domenica a pranzo, mentre si mangiava. Papà si lamentava, non era d'accordo, diceva che le storie sono solo delle frottole, e le frottole non aiutano a vivere. Però la lasciava fare, e stava lì ad ascoltare anche lui. E qualche volta le chiedeva di ripetere una parola che non aveva sentito bene.

Ma era roba vecchia. Roba vecchia che non c'era più.

Come papà.

La donna si affacciò. Niente antenne da chiocciola, niente cuffia in testa. In mano aveva un sacchettino.

«Tie', ti ci ho messo anche del formaggio».

«Grazie» rispose Dario.

«Di là» disse la donna sporgendo il braccio dalla finestra. «Provate dal parroco. Se lo trovate».

E, senza dire altro, richiuse la finestra.

Dario legò il sacchetto al manico della sedia e batté sulla spalla di Andy.

«Dai, cerchiamo questo parroco» disse. «Sperando di non finire nella pancia della balena. O nel culo».

Venti

Il parroco non lo avevano trovato. La chiesa però sì, una chiesina piccola e spoglia con poche panche e un altare che pareva un tavolaccio da osteria.

Avevano mangiato il pane e il formaggio seduti sulle panche, nel silenzio, quello denso che c'è nei luoghi sacri.

Per tutto il tempo, un Cristo di legno li aveva osservati dal fondo della chiesa, sorridendo all'odore del formaggio che saliva insieme a quello della cera.

Si sistemarono, Dario disteso sulla panca, Andy reclinato sulla sedia per non scivolare giù. E si addormentarono, con le candele, il Cristo, e la notte che passava.

Li svegliò un brusio sommesso.

Dario aprì un occhio. Luce. Giorno. La panca ruvida sotto la guancia. La vecchina di Pinocchio lo fissava con la fronte corrucciata.

Dario si rizzò, picchiò il gomito contro il legno, gemette.

«Sssst» fece lei, e si girò verso il centro della chiesa.

Altra gente entrava dal portone, stipandosi ai lati sulle panche. In fondo, davanti all'altare, il parroco si stava preparando per la funzione.

«Andy, svegliati... Dobbiamo andare».

Girò la sedia, scivolò lungo la fila. Andy mugugnò.

«Ssssst» fece di nuovo la vecchina.

L'organo iniziò a suonare.

Dario sfilò nella navata e si avviò verso il portone.

«Ùsica...» esclamò Andy.

«Sì, musica» ripeté Dario. «Ma adesso andiamo».

«Ùsica!» ripeté Andy.

«Ssssst» fece ancora la vecchina.

«Ùsica!» gridò di nuovo Andy scuotendosi sulla sedia.

I presenti si girarono. Il prete rimase coi paramenti sollevati a mezz'aria.

Andy si volse. Guardò Dario, sorrise. Uno sguardo dolcissimo e profondo. «Ùsica...» disse sottovoce.

Dario sorrise. «Ma sì» disse. «Perché no?» Girò la sedia. «Ma sì. Godiamoci il concerto».

La vecchina si voltò. Il parroco finì di prepararsi e la messa cominciò.

Dario, con la Chiesa, non aveva mai avuto un buon rapporto. Ancora ricordava l'ultima messa a cui aveva assistito, e il casino che era scoppiato per quel pugno di petardi dentro all'incensiere. Che cavolo, aveva dato una scossa a una barba di sermone, e infatti i chierichetti si erano piegati in due dalle risate mentre don Claudio saltava da una parte all'altra mandando all'aria i candelieri. Purtroppo nessun altro, a parte i chierichetti, l'aveva presa bene. E Dario era stato allontanato, e diffidato dal frequentare l'oratorio. Decisamente don Claudio non aveva il senso dell'umorismo.

Quando la messa finì, il prete congedò i fedeli. Andy sorrise. *Grazie*, disse a Dario. «Non c'è di che» rispose lui.

Uscirono sul sagrato fra la gente che si raccoglieva a capannelli. Alcuni se ne andavano, altri si fermavano osservandoli e parlando a bassa voce.

«Ti va una cosa?» disse Dario. Sorrise. «Tienti stretto».

La sedia fendette il primo capannello. «Oooooé!» gridò Dario alzando il braccio. Il gruppo si aprì, si disperse, riformandosi più in là. Dario girò la sedia. «Oooooé!» disse di nuovo, e ripartì.

E il balletto cominciò.

La sedia andava avanti e indietro, tagliando i capannelli che si aprivano e si richiudevano appena dopo. Sembrava una quadriglia, in cui le coppie di cow-boy ballavano incrociandosi al centro della pista.

Poi la gente si stancò e tornò a casa.

«Ooooooé!» esclamò Dario quando tutti furono spariti.

Andy rise, gettò la testa indietro. «Ooooooé!» ripeté.

Dario aprì la mano. «Batti cinque».

Andy lo guardò. *Non esageriamo*.

Ventuno

Dario aprì la tasca dello zaino. Cercò all'interno, lo aveva messo lì l'ultima volta. Non ricordava nemmeno quando l'aveva usato, il cellulare, l'ultima volta, sembrava passato un secolo.

Lo trovò fra un fazzoletto usato e una fetta di pane mezza masticata.

Lo accese: *dling, dling, dling, dling, dling, dling, dling...* cinquantasei chiamate perse. In meno di due giorni. Neanche il presidente della Repubblica riceve cinquantasei chiamate in meno di due giorni, praticamente due chiamate all'ora. Sorrise. Le ignorò. Scorse lo schermo, andò alla libreria musicale. Levò di tasca un paio di cuffie verde lime e le calcò sulle orecchie di Andy.

«Tieni. Ascolta questo». E premette *play.*

Andy aprì la bocca, arcuò le sopracciglia, guardò Dario che rideva e rise anche lui, oscillando avanti e indietro al ritmo della musica.

«Ùsica!» esclamò.

«Sì, ma mica quella roba là da chiesa. Questa è musica vera».

Dario intanto mise in moto e ripartì.

Viaggiarono per tutta la mattina lungo la strada che piegava seguendo le colline, Andy rapito, totalmente, dalla musica. Il casco sulla fronte, le cuffie verde lime sopra le orecchie.

A Dario la musica piaceva. Ma la usava solo in caso di necessità. Le ore della Delfrati, per esempio, erano un caso di necessità: e come la reggevi la Delfrati senza musica sparata nelle orecchie? Era un modo per staccare, per starsene isolati. Come l'erba. La musica era erba in formato mp3, erba da fumare con le orecchie. Dario rise mentre scivolava per i campi, rise pensando che anche Andy, in quel momento, era come l'erba, un modo per staccare, e stare per un po' lontano da tutto, lontano dalla scuola, lontano da quel mondo che non era Andy.

Andy. Come l'erba. Andy che rideva e non aveva idea di cosa fosse il mondo vero, quello fuori, quello che gli altri erano costretti a vivere ogni giorno. Non era un mondo bello, quello, era fango, era un fiume di fango che ti trascinava via e non potevi farci niente. E mentre il fango scorreva inarrestabile, il mondo-Andy ruotava sul suo asse, appena sopra, come un sole coi pianeti intorno. E un sole coi pianeti niente può intaccarlo, neanche quel fiume che gli scorre sotto; è un sistema autonomo, perfetto, che girando su se stesso resta in equilibrio.

Sì, Dario lo invidiava. In Andy c'era qualche cosa di immortale, di intoccabile, che sfuggiva alle leggi degli uomini. Andy era un semi-dio, metà uomo e metà sedia, come una creatura mitologica. Come fai a non invidiare una creatura mitologica?

Si fermarono in cima a una collina. Una fila di case scivolava appena oltre scavallando il dosso. In cima al dosso si apriva la piazzola di una stazione di servizio.

Dario entrò nella piazzola e spense la *rak-mobile.*

«Boia d'un mondo» disse il gestore avvicinandosi. Guardò la sedia, si pulì le mani nella tuta. «E 'sta roba che cos'è?»

«È una sedia, non si vede?» disse Dario.

L'uomo scoppiò a ridere. «Be', sì» esclamò. «Ma una così non l'avevo ancora vista. E va a benzina?»

«No, sono qui per fare quattro chiacchiere con lei». L'uomo smise di ridere. «Mi mette della super?» disse Dario.

«No» ribatté l'uomo. «Sono qui per giocare a carte con gli amici».

Dario lo fissò. Era un brav'uomo, si vedeva subito. Lo vedi dagli occhi, com'è una persona, da come ti guarda. Dagli occhi riesci a vedere un sacco di cose. Forse per questo chi ha qualcosa da nascondere gli occhi li abbassa.

«Ok, mi scusi» disse Dario. «Mi può fare un po' di super per favore?»

L'uomo alzò le sopracciglia, si girò, afferrò la pompa.

«Dov'è che state andando?»

«A Torre Saracena».

«Bella, Torre Saracena».

«Non saprei, è la prima volta».

«Andate da amici?»

Dario guardò la strada. «Da mio padre. Abita lì. È questa la 28, vero? Da qui si scende al mare».

«Sì. Vai sempre dritto. Ma devi prendere per forza la statale. Sei sicuro che puoi andarci con 'sta roba sulla statale?»

«Quale roba?»

«Questa, questa roba qua». Guardò il motore che sporgeva da sotto la seduta. «Che cos'è di cilindrata, un cinquanta, ma neanche. Qui per la statale devi avere almeno un centoventicinque. Non li hai visti i cartelli?»

«E non si può evitare la statale?»

«Be', sì, se vai per i campi».

Dario guardò le colline che scendevano davanti a lui. La strada procedeva per un tratto e poi si perdeva in una pianura ampia e distesa velata da una nube di calore.

L'uomo fermò la pompa, la rimise a posto.

«Vieni dentro» disse. «Ti faccio vedere».

Dario passò il dito nel piatto vuoto e raccolse le briciole rimaste. Aveva mangiato quei panini alla velocità della luce. Con la storia della chiesa e della musica, né lui né Andy avevano ancora messo niente sotto i denti.

«Allora, hai capito?» chiese l'uomo alzando gli occhi dalla mappa.

«Sì, supero il ponte...»

«No, prima del ponte, altrimenti ti fai dieci chilometri in più».

«Ok, prima del ponte. A destra».

«No, a sinistra! Boia d'un mondo, ma come hai fatto ad arrivare fino a qui?»

Dario in realtà pensava ad altro. Osservava Andy dalla finestra del casotto mentre andava avanti e indietro sull'altalena nel parchetto appena oltre. Altalene per disabili, Dario non sapeva nemmeno che esistessero. Ma evidentemente non lo sapeva neanche il tizio della stazione di servizio. *Mi sembrava un po' strana st'altalena!* aveva detto.

In realtà non era nulla di speciale, solo un po' più larga delle solite, con uno sportello sul davanti per far salir la sedia. Semplicissima. Geniale. Chi l'aveva ideata non si era dovuto inventare nulla, nessun meccanismo o ruote da azionare. Era bastato guardare un po' più in là, pensare appena oltre il proprio naso.

E ora Andy era lì, su quell'altalena come dentro un'astronave, e si dondolava proiettando il busto avanti e indietro, e mangiando il vento con la bocca aperta. Autonomo. Fra i pianeti del suo mondo-Andy.

«Allora, hai capito?»

«Sì, ho capito, il ponte, poi a sinistra e poi dritto per sei o sette chilometri». Fece scorrere il dito sulla mappa.

«Sei o sette, non di più».

Era proprio lì. Torre Saracena. Un pallino su una mappa. Pareva così enorme a pensarci e invece era un pallino come gli altri, anzi, più piccolo degli altri visto che era chiaramente un buco di paese. È strano come le cose cambino quando le conosci.

L'uomo si alzò, aprì il frigo, prese una birra.

Guardò fuori. Scosse la testa. «Lui cos'ha?» disse indicando Andy che dondolava sotto il sole.

«Chi?»

«Il tuo amico. Cos'ha, è ritardato?»

«No, perché?»

«Ma capisce? Cioè, le cose, le capisce?»

«Certo che le capisce. Non è mica scemo».

«Sarà» disse l'uomo ridacchiando. «Non ne avevo mai visti da vicino. Uno di loro, dico. È la prima volta».

«Loro chi, ma di chi parla?» chiese Dario.

«Boia d'un mondo, loro, quelli come lui, come si chiamano...»

Gli handicappati? È questa la parola che vuoi dire? Gli storpi? Gli strani? Ma del resto non è neanche colpa tua.

Cent'anni fa "gli storpi" si vedevano nei circhi, fra le bestie feroci e gli animali rari. Creature da divertimento li chiamavano.

«Chissà come si sente» mugugnò ridendo l'uomo. Bevve un sorso. «Chissà se quelli come lui si accorgono di essere così».

«E chi lo sa. Un cretino si accorge di essere un cretino?»

L'uomo smise di sorridere. Guardò Dario. «Be', hai capito la strada, no?»

Andò alla porta, uscì sulla piazzola. «Scusa, c'è un cliente. Tu rimani pure qui. Se il tuo amico si diverte».

Dentro al casotto l'aria era calda. E odorava di panino al prosciutto.

Gli piaceva, il caldo, a Dario, era come un abbraccio; che ti avvolge e ti si posa sulla pelle. Anche i pensieri, col caldo, si sciolgono e si fanno più leggeri, e il vento se li prende e se li porta via.

I pensieri. Papà glielo diceva sempre, *Non pensare, Dario, i pensieri fan la testa più pesante.* Ma lui non ci riusciva, non riusciva a fermarli quei pensieri che si accumulavano come le foglie nei tombini quando piove. E temeva che un giorno lo avrebbero schiacciato, e i vicini lo avrebbero trovato steso lì sul pavimento, senza vita. E nessuno avrebbe mai saputo dire la causa della morte, perché l'unica persona che sapeva la risposta se n'era andata ormai, da anni, via da lì, in un posto oltre i pensieri, chiamato Torre Saracena.

Intanto, appena fuori, il mondo-Andy continuava nel suo moto di rivoluzione.

Sull'altro lato del parchetto una bambina si avvicinava raccogliendo dei sassi. Li raccoglieva e li metteva dentro a uno zainetto, e proseguiva spostandosi più in là.

Ogni tanto gettava un occhio a Andy. Era molto concentrata nella sua ricerca ma di tanto in tanto l'occhio guizzava verso l'altalena.

Poi rimise lo zaino sulle spalle e si diresse verso Andy.

«Ciao» disse fermandoglisi davanti.

Andy la guardò.

La bambina ricambiò lo sguardo.

«Non puoi parlare?» chiese. Andy sorrise. «Ho capito, sei un po' timido. Be', io sono Isa, sta per Isabella. E tu invece sei...?»

Andy continuò a sorridere.

«Tu invece sei...?» ripeté Isa.

«... Edi» disse Andy sporgendosi in avanti.

«Edi» disse Isa. «Bello. Edi sta per...?»

«... Edi» ripeté Andy.

«Edi sta per Edi. Ho capito. Be', è un bel nome. È un po' strano ma è un bel nome». Fece una risatina. «Come l'aiutante di Archimede Pitagorico. Conosci Archimede Pitagorico?»

Andy non rispose.

Isa sorrise. «Lo sai che cosa sto facendo? Cerco pietre preziose». Si guardò intorno, si chinò, raccolse un sasso. «Non dirlo a nessuno, ma in questo parco ce ne sono tantissime».

Andy guardò a terra. Il moto dell'altalena era quasi cessato.

«Oh, lo so che cosa mi vuoi dire. Che questo è solo un sasso. E invece no. Perché io so un trucco. Io so come farlo diventare più prezioso di un diamante».

Aprì lo sportello dell'altalena e salì all'interno.

Levò il sasso in aria, con il braccio teso. «Guardalo bene» disse. «Per te a cosa assomiglia?»

Lo voltò due o tre volte con le dita.

«Potrebbe essere... un coniglio? No... una ranocchia?»

Andy scosse la testa.

«No, no, hai ragione. Forse... un gatto?»

Andy sorrise.

«Sì, proprio, un gatto. Sembra un gatto degli Aristogatti».

Appoggiò il sasso e levò dallo zainetto un pastello nero.

«E adesso faccio una magia» disse. «Stai attento, eh? Incomincio da qui, che poi sono gli occhi. Vedi? Faccio due segni tondi e vengono fuori gli occhi da gatto. Poi faccio un naso da gatto, i baffi da gatto, le orecchie da gatto...»

Si fermò, mostrò il sasso a Andy.

«... Atto» disse.

«Esatto. Adesso sembra proprio un gatto. Aspetta, però, non è finito».

Levò di tasca altri pastelli.

«Di che colore è il nostro gatto? Per te è un gatto... nero? No, il nero è troppo scuro, il nero non mi piace. È un gatto arancione? No, è un po' troppo strano, e acido, un gatto acido non mi piacerebbe... Oppure è un gatto blu? Sì, un gatto blu, ti va? Hai mai visto un gatto blu?»

Andy scosse la testa.

«Neanch'io. È per questo che è perfetto. Saremo i primi a fare un gatto blu». Sorrise e cominciò a colorare il gatto con il pastello blu.

«È bello un gatto blu. È un gatto aristocratico. Elegante. Un gatto dell'alta società».

Andy rise, dondolò la testa, l'altalena riprese a oscillare.

«Però devi star fermo, se no diventa un gatto ballerino. Vuoi fare un gatto ballerino?»

Andy scosse la testa. Si fermò.

«No, infatti, neanch'io. Il gatto blu è molto più bello». E riprese a colorare.

Andy si sporse dalla sedia per guardare. Le guardò le guance, le annusò i capelli. Odoravano di foglie, di foglie del giardino del Centro quando tagliavano gli alberi e le siepi. Anche i capelli di Fabiola odoravano di foglie. Come capelli cresciuti in primavera.

«Che fai?» domandò Isa. Andy non rispose. Lei lo lasciò fare. Sapeva di buono Andy. Come il mondo al mattino, quando il sole è lì che sta per sorgere, ma non si è ancora svegliato bene bene.

«Fatto» disse quindi. «Guarda qui, non è bellissimo? Non è un bellissimo gatto aristocratico?» Alzò il sasso sopra la testa. Non sembrava neanche più un sasso, ora, era un gatto, un bellissimo gatto blu, più prezioso di un diamante.

Andy gorgogliò.

«Se vuoi te lo regalo» disse Isa. «Così puoi guardarlo ogni volta che vuoi».

Gli porse il sasso e restò così, con la mano tesa, aspettando che Andy allungasse la sua.

Andy mosse il braccio, piano piano. Lo spinse oltre il bracciolo, ruotò il polso, spiegò le dita a poco a poco. E aprì la mano, col palmo verso l'alto.

Isa sorrise. «Tienilo stretto, eh, sennò ti cade» disse. «Adesso devo andare, è ora di pranzo. Ciao, Edi» fece sorridendo. «Mi ha fatto piacere conoscerti». Gli diede un bacio sulla guancia. «Mi raccomando, guardalo ogni tanto il gatto blu, così sarà come se ci rivedessimo».

Balzò giù dall'altalena e corse via.

Ventidue

«Allora, mi dici che cosa vi siete detti?» chiese Dario avviando il motore.

Andy sorrise. *Che ti importa, cose nostre.*

«Mi sa che sei uno che piace alle ragazze, eh?»

Cosa credevi, che fossi solo un sedano?

La strada ora correva in pendenza verso la piana che arrivava al mare. Una brezza frizzante e leggera portava fin lì l'odore del sale.

«Ma ti ha dato qualcosa. Cos'è? Un regalo?»

Andy alzò la testa. *È un regalo, sì, ma non ti riguarda.*

«Dai, non fare il prezioso. Siamo amici, no?» Sbirciò dentro la sua mano stretta a pugno. «È una cosa blu? Vedo del blu. Dai, dimmi cos'è».

Andy abbassò la testa e tornò a guardare davanti a sé.

La piana, in fondo, perdeva i suoi contorni in una nebbia bluastra nella fascia bassa del cielo.

«Sai mia madre cosa dice? Che il blu è il colore della calma. Cioè, se ti piace il blu vuol dire che sei un tipo calmo». Scosse la testa. «Secondo me è una scemenza. Per esempio, in inglese se dici *blu* dici *triste*. E allora che significa, che se sei inglese e se ti piace il blu sei un tipo calmo e triste?»

Dario fece correre lo sguardo lungo la strada, e la linea del mare che si intravedeva.

«Lo sai per me che cos'è il blu?» disse. «È il colore di una cosa che non puoi raggiungere. Guarda il cielo per esempio. Il cielo è blu, e tu lo puoi raggiungere il cielo? Anche il mare è blu, ma neanche quello in realtà lo puoi raggiungere, perché quando ci arrivi ti accorgi che il blu non è lì, è più avanti, è al largo, è oltre il punto in cui ti trovi». Fece un gesto con la mano. «Ecco cos'è il blu. È il colore di qualcosa che è sempre più lontano di dove riesci ad arrivare».

Rallentò. Il motore calò di giri.

Andy si era tuffato di nuovo nella musica, e si lasciava portare, in pace, sorridente, senza neanche sapere dove stava andando.

E Dario? Dario lo sapeva dove andava? A Torre Saracena? Un posto imprecisato in fondo a quella piana, immerso in una nebbia del colore delle cose irraggiungibili?

Eppure lo aveva scelto lui, una volta tanto lo aveva scelto lui. Aveva vinto, su tutti, una volta tanto, e adesso era libero e padrone della propria vita. Il più forte vince, e il più debole è costretto a ritirarsi, e allontanarsi dal branco: è così che succede nel regno animale. E allora come mai era lui adesso ad allontanarsi, mentre tutti gli altri erano rimasti?

Alzò lo sguardo al sole che rideva dall'alto della sua solita e pacata indifferenza.

«Lo sai qual è la verità, Andy?» disse. «La verità vera? È un mucchio di stronzate. Ecco qual è la verità». Alzò il tono della voce. «Il blu, il cielo, il mare sono solo un mucchio di stronzate! Sennò mi dici che cosa ci facciamo su questa cazzo di sedia in mezzo a questa cazzo di pianura?!»

Aprì le braccia, lasciò il gas. La sedia sobbalzò, il motore si spense.

«Vaffanculo!!!» urlò al cielo, al sole, al mare, a Andy, a Torre Saracena, a tutto quello che gli stava intorno.

La sua voce rimbalzò sulle colline e ritornò roca e spezzata, spegnendosi come un singhiozzo. Un uccello rispose dalla piana.

Dario strinse gli occhi, ascoltando il mondo che almeno per un attimo era stato costretto ad ascoltare lui. Sentì le lacrime premere sotto le palpebre, ma lui era Dario il Grande, e i Grandi non piangono. Le lacrime ignorarono il comandamento. E sgorgarono come acqua pura.

Intanto intorno era tornato il silenzio. L'eco del suo grido si era spenta in un soffio, come se non fosse mai esistita. Dario non parlava, le spalle alla sedia, il corpo appoggiato al bracciolo.

Non c'era nessun suono nell'aria. Nessuno, neanche il vento.

Solo un battito, lontano, appena udibile, il rintocco di una campana all'orizzonte, il palpito del cuore di un uccello nascosto in qualche albero.

Dario riaprì gli occhi. Si voltò.

Andy stava picchiettando sulla sedia col dorso della mano, tenendo il sasso stretto fra le dita.

Ruotò il braccio, lo allungò, aprì la mano.

Dario sentì il sasso scivolargli dentro il palmo e sentì il suo corpo solido, pesante, levigato; sentì il blu, un blu pieno, un blu presente, un blu che stava lì, che non scappava via, un blu vero, schietto, autentico. Un blu che si poteva toccare.

Si asciugò le guance.

Tirò su col naso.

«Wow» fu la sola cosa che riuscì ad articolare.

Ventitré

Ci volle un certo tempo prima che riprendessero la via. Dario si era lasciato cadere sul prato carico di sole a lato della strada e Andy accanto a lui, sull'erba, senza sedia, al diavolo la sedia per un po'.

Dai, al diavolo la sedia, Andy, per un po', senti anche tu un po' di mondo vero sotto a quel sedere rinsecchito. Senti la terra, e il suo profumo, senti l'erba con le dita aperte, e il suo tocco caldo, e pieno, e giallo, come il sole.

Lo senti, Andy, eh? Lo senti il sole fra le dita?

Dario intanto aveva tirato fuori la bustina. Erano due giorni che non toccava fumo.

La aprì, sfilò una presa, si fece una cartina.

E sentì il corpo farsi lieve.

Aspirò. Si sollevò nell'aria. E salì, col fumo, verso l'alto, morbido, leggero.

Non è roba per bambini, gli diceva suo padre, *il fumo non è roba per bambini.* Non gli spiegava il perché, non glielo spiegava, non serviva, bastava uno schiaffone con la mano aperta quando capitava.

E Dario si era immaginato di poterlo conquistare, un giorno, quel fumo, quella cosa che fa sembrare grandi le persone, e vere, e invincibili. Forse per questo aveva cominciato. Per sentirsi ancora Il Grande. Perché quando un padre non c'è più, chi rimane a casa a fare Il Grande?

Aprì la bocca. Lasciò che il fumo salisse, piano, dentro all'aria, trattenendolo ancora per un attimo nella bocca aperta. Lascialo andare, Dario, lascia andare il fumo. Se vuole salire lascialo andare dove vuole lui. Sembrava la voce di suo padre.

Lascialo andare.

Papà?

Sì, Dario?

Sei tu?

Sì, Dario.

Il fumo si fece denso, e bianco, e si attorcigliò nel vento.

Papà?

Il vento soffiò forte e spinse il fumo indietro, dentro, nella gola.

Dario tossì. Sputò. Tossì ancora.

Si alzò piegandosi sulle ginocchia.

Andy non si mosse. Dormiva, beatamente, come un bambino nella culla. Non c'era niente che lo smuovesse dal suo mondo-Andy.

Ma ti accorgi, Andy, pensò Dario, ti accorgi di quello che succede?

Andy sorrise.

Certo che me ne accorgo, ma che ti cambia adesso che lo sai? Lasciami dormire, ho voglia di dormire, che mentre dormo ricordo. Ricordo il prato, e l'erba del giardino al Centro. E Fabiola che mi accarezzava la fronte con le foglie.

Cosa fai, Fabiola?

Non ti piace?

Molto. L'hai inventato tu?

Sì.

E come hai fatto?

Ho messo insieme due cose belle.

E quali?

Le foglie e Andy.

E mentre si abbandonava alla carezza di quelle dita verdi, Andy pensava che l'uomo è fatto per le cose belle. È fatto per toccarle, come tutte le cose che devono essere toccate per conoscerle. E se Andy non poteva farlo con le mani lo avrebbe fatto con gli occhi. Toccare con gli occhi. Perché anche quelli sono cose belle.

Toccare con gli occhi, non ci riescono tutti. Serve tempo, e pazienza, e volontà. Ma Andy aveva tutte queste cose, e ormai lui era diventato un maestro a toccare con gli occhi. A toccare, sfiorare, accarezzare, coccolare, baciare; oppure battere, percuotere, ferire, maciullare, era incredibile quello che Andy riusciva a fare con gli occhi. Ma Andy era Andy, un semi-dio, una creatura mitologica.

«Lo insegni anche a me?» gli domandava Fabiola ogni tanto.

Ma certo, diceva Andy. La guardava e le dava lezioni.

Era già tardi quando si rimisero in viaggio. La piana ormai era vicina, e la strada in discesa fino al mare. Filari di alberi ordinati sfilavano sulla provinciale e qua e là si aprivano, lasciando intravedere ville basse e bianche, coi muri di cinta e i cancelli con le telecamere.

«Però» diceva Dario. «Ci potrei vivere bene qui, e tu?»

Andy sorrideva. *Hai visto quella?* diceva. *Quella laggiù, col tetto piatto.*

«Mica male. E quella lì? Ha anche la piscina».

Bella. Quando sarò grande avrò una casa così.

«Ti piace? Vuoi provarla?»

Come provarla? Mica è una maglietta.

«Le case si devono provare prima di viverci, sennò come sai se ci stai bene o no?»

Andy rise. *Mi prendi per scemo?*

«Non ci credi?»

No.

«Va bene. Allora guarda».

Fermò la carrozzina. Invertì la marcia, tornò indietro fino all'ingresso della villa e si fermò davanti al cancello.

Oltre il cancello, una fila di auto era parcheggiata lungo un viottolo di ghiaia che portava a una piazzola. Nella piazzola, dei ragazzi parlavano appoggiati alle auto. Una musica ritmata giungeva dalla casa.

«Che vuoi?» disse un uomo comparendo dietro al cancello.

«Ehi!» esclamò Dario. «Mi hai spaventato».

Quello non si mosse. «Allora?» Camicia nera, cravatta nera, occhiali neri. Sembrava uno dei Men in Black. Ma non quello simpatico, quell'altro.

«Siamo qui per la festa» disse Dario.

«E tu saresti...?»

«Come sarei?» fece Dario. «Io *sono* un amico di Leo».

«Leo?» domandò l'uomo. «Non conosco nessun Leo».

Dario accennò un sorriso. «Tu sei nuovo, vero?»

«... Nuovo?»

«Nuovo. Non ti ho mai visto qui. È la prima volta?»

«Sì... e allora?»

«Niente, me lo immaginavo. Dai, fammi entrare che ci aspettano».

«Hai l'invito?» fece quello. Dario non rispose. «O hai l'invito o resti fuori».

Dario rise. «No che non ce l'ho l'invito. Non mi serve un invito».

«Be', allora resti fuori».

Dario alzò le spalle. «E va bene. È un problema tuo». Girò la carrozzina e si allontanò.

«Ehi» esclamò l'altro. «Aspetta un po'». Fece un passo avanti. «Che vuol dire un problema mio?»

«Senti, Leo mi ha chiesto di accompagnare suo fratello. Non mi fai entrare? Te la vedi con lui. Io ho altro da fare. Ti saluto».

Quello guardò Andy. «Leo è uno della casa?»

«Uno della casa? Guarda un po', la casa è sua. Sì, insomma, di suo padre».

«E lui è suo fratello?» disse indicando Andy.

Andy gli rivolse un gorgoglio. Aprì la bocca, reclinò la testa.

«Ti conviene aprire» disse Dario. «Così lo fai agitare. E se si agita allora sono guai».

Andy fece un verso, scuro, cavernoso, come preso dal fondo dello stomaco. E cominciò a ondeggiare avanti e indietro sulla sedia.

«Ecco, lo sapevo» disse Dario. Afferrò Andy per le spalle, lo scosse lievemente. «Andy, sta' tranquillo, ora entriamo...»

Andy mugugnò. «Leo... Leo... Leo...» ripeté. Storse gli occhi, cominciò a sbavare.

L'uomo indietreggiò. «Oh porca...» disse. Si girò, premette un pulsante su una colonnina. «È aperto... Guarda, è aperto...» disse con le mani alzate. «Non voglio problemi, io, capito?»

«Era ora» disse Dario entrando con la sedia. «Per poco questo non ci resta!»

Sfilò veloce nel vialetto gettando all'uomo un'occhiataccia. Il cancello si richiuse alle sue spalle.

«Sei stato grande, Andy...» disse.

Lo so, rispose Andy sorridendo.

Passarono il gruppo dei ragazzi fra le occhiate che saettavano all'intorno. Imboccarono un portico ed entrarono nella casa.

Gli stereo li investirono come un vento a centodieci decibel.

«... Ùsica!»

L'ambiente era enorme, un salone doppio o triplo, interamente circondato da vetrate. Un portico correva tutt'intorno e oltre il portico si apriva lo specchio celeste e illuminato di una piscina.

«Ciao!» gridò una voce.

Dario si girò. Una ragazza con un vestito fucsia gli sorrideva protendendosi in avanti.

«Mi hai fatto paura» disse Dario sorridendo.

«Cosa?» fece lei scostandosi i capelli dalle orecchie.

«Mi hai fatto paura!» ripeté Dario. Il rumore della musica sovrastava ogni cosa.

«Io sono Tiffany!»

«Io Dario! E lui è Andy!»

«Figo! Dario e Andy. E siete amici di...?»

«... di Leo!»

«Leo? Non so chi è Leo ma non fa niente! Dai, fammi gli auguri!»

«Quali auguri?» disse Dario.

«Quelli a me. La festa è mia!»

«Ah, auguri!»

«Grazie-grazie-grazie!» Gli diede un bacio sulla guancia. «Dai, entrate e sballatevi!»

Ventiquattro

C'era un megaschermo appeso a una parete che mandava immagini iridescenti di un qualche concerto rock, proiettando luci multicolori su cose e persone. Il volume era quasi insopportabile. I bicchieri sussultavano sui tavoli.

Dario si chinò. «Ti piace?» chiese a Andy.

Andy assentì. «... Ùsica» esclamò.

Si avvicinarono al buffet. Un barista in guanti bianchi roteava uno shaker fra le mani.

«Ciao, cosa prendi?»

Dario guardò la fila dei liquori. «Un po' di quello».

Il barista non rispose. Fissò Dario, alzò le sopracciglia.

«Che c'è? Sono maggiorenne» disse Dario.

«Sì, certo. Aranciata o coca-cola, cosa vuoi?»

Dario sbuffò. «Dammi una coca» disse. «Anzi, due, con due cannucce».

Il barista si girò. Versò le coche, gliele porse.

«Grazie tante» disse Dario.

Tiffany lo agganciò per un braccio.

«Però potresti sembrarlo» disse.

«Che cosa?»

«Maggiorenne. Potresti sembrare maggiorenne. Magari coi capelli un po' più corti». Gli passò le dita sulle tempie. «Lei è Sam» disse indicando una ragazza su un divanetto verde lime.

Sam li chiamò. «Dai, venite». Guardò Andy. «Se vuoi porta anche lui».

«Posso?» rispose Dario. «Di solito lo lascio nel parcheggio dei disabili».

Sam strabuzzò gli occhi.

«Che cretino!» disse Tiffany. «Ci prende in giro, Sam!» Lo afferrò per la maglia, lo trascinò al divano.

«Allora» disse Tiffany sedendosi. «Devi dirmi tutto, tuttissimo di te».

«Di me? E cosa vuoi sapere?»

«Non so, che fai, studi, lavori...»

«Ma Tiffany» la interruppe Sam. Indicò Andy con la testa. «È chiaro, no, si occupa di lui».

«Oh» fece Tiffany. «Mi dispiace...»

«Veramente» disse Dario, «è Andy che si occupa di me. Mi lava, mi veste, cose così». Sporse il busto verso Andy. «Tipo questo: Andy... Sete».

Andy sollevò la mano con la coca. Dario si chinò, bevve un sorso, rialzò il busto.

«Wow» disse Sam. «Forte».

«Vero?» rispose Dario. «La prossima settimana ci esibiamo anche in un circo».

Tiffany scoppiò a ridere. «Ma dai, Sam, non hai capito? Ci ha preso in giro un'altra volta».

Sam rise. «Non ci credo! È sì che io sono una tipa sveglia!»

Rimasero a parlare per un po', ascoltando la musica che riempiva l'aria e la testa.

Sam cominciò a muoversi a ritmo di danza, e anche Andy prese a oscillare.

«Cheffigo» disse Tiffany. «Vuole ballare?»

«Certo che vuole ballare» disse Sam. Si alzò, sorrise, gli tese le braccia. Andy aprì le mani, Sam le accolse nelle sue. «Ma sai che sei carino?» disse avvicinandogli la bocca all'orecchio.

Andy sorrise e continuò a oscillare, mentre Sam girava attorno a lui.

«Gli fai girare la testa» diceva Tiffany. Ma intanto rideva, e guardava Dario.

«È un tipo sveglio il tuo amico».

«Certo che lo è. Vai un po' a dirlo a quella scema di Elisa».

«Chi è? La sua ragazza?»

«No, un'assistente, a scuola. Una scema che non sa niente di come si sta con gli altri».

«Non deve essere facile trattare coi disabili».

«Che c'entrano i disabili? Quella non sa come si sta con nessuno. Che c'entrano i disabili, se non sai stare con nessuno? L'unica differenza è che Andy non può mandarla a quel paese».

Tiffany rise. «Lo sai che sei forte?» Gli toccò le labbra con un dito. «Io invece so come si sta con le persone». Gli si fece più vicina. «Mica sono Elisa io».

«Scusate» disse Sam. «Mi sa che Andy ha bisogno».

«Sam...» protestò Tiffany.

«Ma ha bisogno. Mi sa che deve andare in bagno».

Andy rise, roteò la testa. «... Agno».

Non era un bagno, era una piazza d'armi. Con piastrelle bianche e verdi, e specchi dappertutto, e rubinetti in oro, e al centro un box doccia che pareva una porta spazio-temporale.

Mentre Dario teneva Andy sollevato sulla tazza, gli venne in mente che nessuno dei due si lavava da due giorni interi.

Si annusò la maglietta.

Andy mugugnò, ridacchiando a bocca chiusa.

«Be', neanche tu hai un buon odore...»

Rimise Andy sulla sedia e lo portò allo specchio.

«Da quant'è che non ci diamo una pulita? Guarda che capelli. Sembri un cactus in un vaso con le ruote».

Andy rise. Scosse la sedia. «... Tu» disse protendendo la bocca in avanti.

«Sì, è vero, anch'io». Dario gli batté una mano sulla spalla. «Lo sai allora che facciamo?» Ruotò la sedia, la fermò davanti al box doccia. «Servizio completo».

«... Ompleto».

Andò alla porta, la chiuse, poi si levò i vestiti lasciandoli sul pavimento.

Andy scoppiò a ridere. «... Dario...» gorgogliò, «... nudo».

«E allora?» disse Dario. «Non hai mai visto una persona nuda?» Gli si accostò. «E Andy? Com'è Andy nudo?»

«... Nudo» disse Andy saltando sulla sedia. «Andy nudo...»

Dario gli levò la maglia, le scarpe, i pantaloni, mentre Andy rideva e ripeteva: «... Nudo... nudo... nudo...!» Poi aprì la porta della doccia e inclinò la sedia per portarla dentro.

«No... No...» gli disse Andy.

«Che c'è?»

«Acqua... sedia... No».

«Ah... non lo sapevo. Hai fatto bene a dirmelo». Arretrò, si guardò intorno cercando qualcosa su cui far sedere Andy. Non trovò nulla. «Be', vuol dire che ti tengo io».

Lo prese per le ascelle, lo sollevò, entrò nella doccia insieme a lui.

L'acqua scivolò su entrambi sciacquando via polvere e stanchezza, acqua chiara, fresca, amica.

Andy rideva facendo bolle d'acqua. Dario lo reggeva e lo spostava sotto il getto, passandogli una mano sopra il petto, il collo, le braccia, dove riusciva ad arrivare. E intanto rideva anche lui. «Pensa se entrasse qualcuno» diceva. «Ci prenderebbe per una coppietta!» Ma non gliene fregava niente. Anzi, la cosa lo divertiva. Dario e Andy, Andy e Dario. Come Thelma e Louise. Che film epico, quello! Vecchio ma epico. Com'è che faceva la canzone?... *You're a part of me, I'm a part of you...*

«La conosci, Andy?» chiese Dario. «*You're a part of me... I'm a part of you...* Eh, Andy, la conosci?»

Si mise a cantare, sotto l'acqua che scrosciava.

Andy rideva e si abbandonava, fra le sue braccia, reclinando la testa da una parte e dall'altra, e cantava anche lui gridando a squarciagola «... Partoviù... partoviù...»

Qualcuno bussò alla porta.

«Occupato!» gridò Dario.

«... Cupàto!» gridò Andy.

Bussarono ancora.

Dario si girò, chiuse il rubinetto.

«Acqua...» protestò Andy.

«Dai, basta, usciamo. Ci siamo lavati abbastanza».

«Acqua» disse Andy. «Ancora...»

«Dai che Sam ti sta aspettando. Ha anche detto che sei carino».

«Acqua!» ripeté Andy proiettandosi di lato.

Dario perse l'equilibrio. Scivolò, riuscì a reggere Andy ma cadde con la schiena contro il bordo della doccia.

«Ma porca..., Andy!» gridò.

Si rialzò, tenne Andy per le ascelle.

La schiena gli faceva un male del diavolo.

«Ehi, tutto bene?» si sentì da fuori.

Dario afferrò la sedia, ci scaraventò Andy, lo vestì, rivestì se stesso.

«Ehi, ma cosa avete fatto?» disse un tipo che apparve dietro la porta.

«E a te cosa te ne frega?» gli rispose Dario.

Rientrò nel salone che ancora gocciolava. L'osso sacro gli pulsava terribilmente.

«Acqua... Acqua...» ripeteva Andy.

«Dario» esclamò Tiffany. «Dove sei finito, sei tutto bagnato».

«Ho fatto una doccia. Che c'è, ti dispiace?»

«No, figurati». Lo guardò, gli scostò dagli occhi i capelli bagnati. «Ma se me lo avessi detto l'avremmo fatta insieme».

Tornarono al divano. Dario si stese tenendosi la schiena.

«Ti sei fatto male?»

«Lascia stare...»

«Acqua!» esclamò Andy.

«Sta' zitto tu, che potevo rompermi la schiena». Andy rise. «Guarda che sono arrabbiato. Davvero, potevi farmi male».

«Dai» disse Sam, «non sei mica morto».

«Potevo anche rompermi l'osso del collo».

«... Ollo» ripeté Andy.

«E piantala!»

Andy si zittì. Aggrottò le sopracciglia.

«Dai, trattalo bene, poverino».

«Poverino un cavolo. Ci siamo quasi ammazzati là dentro».

«Una volta una mia amica s'è rotta un seno» disse Sam. «Un seno, ma ci pensi?»

«Come fai a romperti un seno?» chiese Tiffany.

«Perché era finto. Pompato. Una protesi, capito? E quando è salita sull'aereo, *bang*! Hai presente, no, la pressione e quelle cose lì».

«Oddio, che schifo, io sarei morta».

«... Acqua!» disse Andy.

«Dacci un taglio, Andy».

«Vuoi metterci del ghiaccio? Se vuoi ti faccio io un massaggio. Sono brava».

Andy rise. «Acqua! Acqua! Acqua! Acqua!» cominciò a ripetere. Sporse il braccio, afferrò Dario per la manica. «Acqua! Acqua! Acqua!»

Dario scattò, diede un calcio alla sedia, la mandò contro la colonna. Per poco Andy non finì per terra.

Tiffany rimase con la bocca aperta.

Dario si alzò, si avvicinò a Andy, si chinò.

«Ma cosa credi?» disse. «Di fare quello che vuoi perché stai su una sedia?» Andy non rispose. Lo guardò imbronciato, senza muoversi. «Be', ho una notizia. Non sei il solo. Anch'io sto su una sedia. Da nove anni. Anche se nessuno se n'è mai accorto». Si chinò, gli accostò la bocca all'orecchio. «Lo sapevi che ci sono certi giorni che non riesco neanche a scendere dal letto, lo sapevi? Che non riesco a muovermi, che non riesco a respirare. E spero che il giorno passi in fretta, e la sola cosa a cui posso pensare è che domani, forse, sarà meglio». Si alzò, lo guardò dall'alto. Sentiva un peso dentro al petto, enorme, un macigno. Che sapeva di lacrime e di rabbia. «La differenza, amico bello, è che tu hai un'assistenza, io invece no».

Si girò.

Tornò al divano.

Prese Tiffany per mano.

Si allontanò con lei.

Andy restò immobile, il volto scuro, lo sguardo basso.

Sentì gli occhi inumidirsi.

«Ehi» gli disse Sam. «Dai, non ci pensare».

Andy non rispose.

Sam si avvicinò. «Ci sei rimasto male?»

«... Tronzo» disse Andy.

«Scusa?»

«... Dario tronzo».

Sam scoppiò a ridere. «Ma tu senti! Che parole sono queste?» Gli mise una mano sulla bocca. «Però hai ragione, un po' stronzo lo è».

Si alzò. Gli sorrise.

«La vuoi una coca? Te la offro io?»

Gli allungò una mano.

Andy la guardò. Non era mica male Sam, con quel viso bianco e ovale che sembrava di porcellana.

«Allora, la vuoi o no?» rise. «Anzi, guarda un po', me la offri tu la coca».

Andy sorrise. Le sfiorò le dita.

Sam prese la sedia e la spinse verso il bar.

Venticinque

«Cos'hai detto? Non ti sento!»

La voce di Tiffany cercava di emergere dal frastuono della musica.

Ci saranno state cinquanta o sessanta persone in quella stanza. Come fai a ballare con intorno sessanta persone? Comunque in quel momento di ballare Dario non aveva voglia.

«Non vedo Andy!» disse guardando verso i divanetti.

«Cos'hai detto?»

«Che non vedo Andy!» ripeté accostando la bocca all'orecchio di Tiffany.

«E allora?! Ci hai appena litigato. Dai, rilassati, è una festa, sarà da qualche parte a divertirsi!»

«Cos'hai detto?»

«Sarà a divertirsi! Divertiti anche tu!»

Alzò le braccia, si chinò, risalì a ritmo di musica strusciandosi contro Dario.

«Dov'è che può essere andato?»

«E piantala! Mi guardi?»

«Che c'è?»

«Come che c'è? Io sono qui!»

Tiffany sorrise scoprendo i denti bianchi e umidi.

«Mi sono rotto» disse lui. «Dai, andiamo!»

«Perché? Cosa vuoi fare? Non ti piace ballare?»

«Non mi va. Andiamo via».

Tiffany gli prese il volto fra le mani e gli posò un bacio sulla bocca.

Dario la fissò. No, bella, stai lontano, pensò, non ti conviene. Non ti conviene metterti con uno come me, io sono una mela marcia, lo sanno tutti, lo sanno tutti a scuola, tutti quanti, che Dario è una mela marcia bacata nel cervello. Non metterti con una mela marcia bacata nel cervello.

Tiffany gli premette le mani sulle guance. «Ehi, non mi importa se sei strano!» gridò nella musica che martellava. «Sono strana anch'io!» E lo baciò di nuovo, un bacio morbido, bagnato, una promessa. «Dai, andiamo a bere una cosa!»

Lasciarono la pista e attraversarono il salone.

«Comunque eccolo lì!» disse Tiffany indicando il portico.

«Chi?»

«Andy. Là, lo vedi? Sei più tranquillo?»

Da uno dei finestroni si vedeva il giardino e il bordo della piscina gremito di persone. Applaudivano, come a uno spettacolo, mentre un gruppetto di ragazze portava

Andy in processione su una sedia bianca da piscina. Sembrava la festa del Cristo redentore, ci mancavano solo i lumini e i chierichetti che seguivano il corteo.

«Ma che fanno?»

«Che ti importa? Si stanno divertendo. Non vedi che anche Andy si diverte?»

Il gruppo calò Andy nell'acqua bassa mentre lui rideva e si dondolava avanti e indietro. Sam gli aveva levato maglietta e pantaloni, e quel che era rimasto era un piccolo dio seminudo che sfilava su un trono sotto gli occhi dei fedeli festanti. E cantava. «... Partoviù... partoviù...» cantava, mentre la folla rideva e non capiva una parola, perché non è per tutti la lingua degli dei.

«Che figlio di ...» disse Dario sorridendo. «Alla fine l'ha avuta la sua cavolo di acqua».

«Allora, andiamo, sbrigati» disse Tiffany. Tirò Dario per la maglietta. «Lo sai, il tuo amico mi sembra un po' più sveglio. Forse è meglio che la passi con lui la serata».

Dario la guardò.

«Sto scherzando» disse lei. «Però sbrigati. Se no ti scarico davvero».

Ventisei

Dario urtò il tavolino. Mosse gli occhi sotto le palpebre chiuse e si girò su un fianco. Sentì il cuscino come un groppo dietro la schiena.

La lumaca cercava di scivolare sulla pietra più in fretta che poteva. Ma una lumaca è una lumaca, cosa poteva fare? Come un bambino che cerca di andare più veloce; è un bambino, non può stare al passo di un mondo che gira più veloce. Dario la osservava, da vicino, inginocchiato sul vialetto con le ginocchia nude. La guardava con attenzione, come si fa in un'indagine scientifica, osservando i movimenti piccoli e lenti che in realtà sembravano nascondere un contorcersi febbrile.

«Dario!», mamma lo chiamò da dentro casa.

Dario non le diede retta. Non poteva, non ora, aveva scommesso. Aveva scommesso che la lumaca ce l'avrebbe fatta, che non sarebbe morta prima di arrivare al bordo del vialetto. Come ci si sente ad essere lumaca? Come ci si sente ad essere bambino? È più dura essere bambino che lumaca, no, è più dura diventare grandi che percorrere un cavolo di vialetto. Per questo Dario le aveva messo il sale sulla schiena, che bruciava, come fosse acido, glielo aveva messo per colmare quella differenza, perché lumaca e bambino fossero alla pari sopra quel vialetto; entrambi lenti, esposti, fragili, verso una meta che sembrava non arrivare mai.

«Dario!» chiamò ancora mamma.

Perché non si sbrigava quella stupida lumaca? Sei centimetri mancavano, solo sei centimetri. Il sale le faceva sulla schiena una schiuma densa e grigia, che ribolliva mangiandole la carne. E muoviti, stupida, dai, muoviti. Vuoi morire qui in mezzo a un vialetto? Devi raggiungere la fine, se no non vale, non vale se muori prima.

Ma la lumaca non lo ascoltò. E rimase lì, immobile, come una gomma masticata appiccicata sull'asfalto.

Dario si alzò, le diede un colpo con la punta del piede. Quella non si mosse, un groppo di formaggio fuso sulla pietra arroventata. «Sei una stupida» disse a mezza voce. «Ancora sei centimetri e saresti diventata grande».

«Dario! Vieni qui!»

Dario si girò. Colpì di nuovo il tavolino.

E finalmente si svegliò.

«Tiffany...» disse.

Allungò il braccio, cercò accanto a sé.

«Tiffany...?»

Tiffany non rispose.

Era buio. Nella stanza non filtrava nemmeno un filo di luce. La musica, le scale, loro che andavano di sopra, la porta che si richiudeva, Dario ricordava tutto della sera prima. Il profumo fresco e inebriante di Tiffany.

Dal corridoio giunse una risata.

Dario si alzò. Si resse alla parete, la testa gli girava... perché gli girava, non aveva fumato...

Attraversò la stanza, aprì la porta.

«E sta' attento!»

Una voce lo investì alle spalle. Un ragazzotto a torso nudo gli sfrecciò accanto. Gli caddero alcune collanine, si fermò, le raccolse.

Sbuffò. «Dai, aiutami...» disse.

Dario si chinò, raccolse una collana di perline colorate, ma quello si era già rialzato e stava correndo via. «Dai, vieni anche tu» gli diceva mentre girava l'angolo del corridoio.

Dario si stropicciò gli occhi. Si mosse lungo il corridoio, scese la scala che portava di sotto, scavalcando i bicchieri e le bottiglie sui gradini.

Veniva della musica dal fondo del salone. Un gruppo di ragazzi si era messo in cerchio. Alcuni alzavano i bicchieri, ridendo e schiamazzando.

Dario si avvicinò, sbirciò oltre le teste.

«Bravo» fece un tipo coi capelli rossi. «Dammi qua». Gli prese la collana dalle mani, si inginocchiò.

Davanti a lui, coperto di collane, c'era Andy, seduto sulla carrozzina, senza maglia e senza pantaloni. Aveva uno scialle azzurro sulle spalle. Intorno agli occhi qualcuno gli aveva passato dell'ombretto, e sulla bocca un rossetto viola scuro.

«Adesso è perfetto!» disse il tipo. «Sembra la Madonna!» Si alzò, rise, batté le mani.

«Che vuoi?» disse incrociando lo sguardo di Dario.

Dario lo ignorò. «Andy...» disse.

Andy si scosse, aprì la bocca.

«Ti ho chiesto cosa vuoi?» ripeté il tipo.

Dario gli passò di lato e si inginocchiò davanti a Andy.

«Ma cos'hai fatto?» gli chiese. «Mica puoi truccarti da donna. Sei una donna, tu?» Gli passò il pollice sul rossetto.

«No...» disse Andy». «Andy no donna...»

«Eh no, non sei una donna».

Raccolse maglietta e pantaloni, gettò via le collane e tutto quello che Andy aveva indosso e girò la carrozzina.

«Ehi» disse ancora il tipo coi capelli rossi. «Ti ho chiesto cosa vuoi. Sei sordo?»

«No, solo poco interessato» rispose Dario.

«Be', lo scemo da qui non se ne va».

«Chi?»

«Lo scemo. Rimettilo dov'era».

Dario strinse i pugni.

«Uh, che paura...» fece il rosso. «E sentiamo, che cosa...»

Non finì la frase. Il pugno di Dario lo colpì in pieno volto.

Si udì un *crack*, un fiotto di sangue saettò nell'aria e il tipo cadde a terra urlando e tenendosi il naso con le mani.

Gli altri arretrarono. «Ehi, sta' calmo...» disse qualcuno. «E dai, era uno scherzo» disse un altro.

Dario attraversò il salone, aprì la porta con un calcio e uscì all'aperto.

C'era Tiffany, fuori, nel giardino. Parlava con Sam appoggiata al muretto.

«Dario» gridò. «Dove vai? Dario, aspetta!»

Gli corse dietro. «Cosa c'è? Cos'è successo?»

«Chiedilo ai tuoi amici» fece lui con un gesto della mano. «Anzi, chiedilo a lei» disse indicando Sam.

Sam sgranò gli occhi. «Io? Che c'entro io?»

«Hai lasciato Andy in mano a dei fumati».

Sam guardò Tiffany. «Perché, cos'hanno fatto?» disse.

«I fumati. Appunto».

«Oddio, Dario» disse Sam. «Scusami, non immaginavo. Giuro che non immaginavo».

«Pensa, magari, la prossima volta, prima di lasciare un disabile da solo».

«E no, un attimo, scusa, tu che cos'hai fatto?» disse.

«Me lo hai mollato lì così. Era tua, mica mia, la responsabilità».

Dario non rispose. Ma Sam aveva ragione. Cavolo se Sam aveva ragione.

Alle sue spalle il gruppo dei ragazzi usciva dalla casa. In testa il rosso, il volto e la camicia coperti di sangue. Qualcuno lo tratteneva per un braccio.

«Ma andatevene un po' tutti quanti...» disse Dario. Si girò e si avviò al cancello.

Quando uscì gli sembrò di respirare. Accese il motore della sedia e prese il viottolo che portava alla strada appena sotto. Una bottiglia rotolò alle sue spalle.

Ventisette

Si fermò, mentre il sole sorgeva sulla piana. Si fermò per calmare i battiti del cuore. Era come se avesse corso. Sentiva qualcosa nel petto, qualcosa che occupava lo spazio fra lo stomaco e la gola e gli impediva di respirare. Come una mano chiusa a pugno piantata sullo sterno.

Accostò, spense il motore.

Che c'è?, gli chiese Andy.

«Niente... solo un attimo...»

Ti senti male?

«No... ma fammi stendere... solo un attimo». Si sedette a terra. Aprì la bocca. «Ora passa».

Invece non passò, quel peso sullo stomaco.

Dario respirava, e l'aria infuocata si addensava nella gola e si fermava lì.

Tossì, alzò la testa, gli occhi chiusi, la bocca spalancata. Si gettò sull'erba a braccia aperte. Il cielo era vasto, e calmo, e immenso. Perché Dario non riusciva a spillare nemmeno una goccia d'aria da quello sconfinato serbatoio azzurro? Pareva che qualcuno, Dio, il re del cielo, o qualche cavolo di divinità locale avesse chiuso i rubinetti.

Andy intanto fissava il sole che nasceva. Lo sguardo oltre, lontano, come sempre. La strada, le colline, i boschi e la pianura, tutto quanto era fermo, immobile, come fosse così da sempre. Anche Andy, seduto lì, sulla sua sedia, sembrava starci dall'inizio dei tempi. Sembrava una sfinge, rivolta verso il sole, che guardava il mondo coi suoi occhi scuri e coi suoi occhi scuri lo cambiava.

E pian piano, in quella calma quasi insostenibile, l'aria ritornò.

Andy sorrise. *Allora?* disse.

Dario lo guardò.

Respiri adesso?

Sì, adesso va un po' meglio.

Lo sapevo.

Sei stato tu?

A fare che?

A far tornare l'aria.

Ma sei matto? E come avrei fatto?

Non lo so, tu sei un semi-dio.

Andy rise. *Ma va', io sono uno su una carrozzina.*

Dario si rialzò. Si piegò sulle ginocchia, tirò il fiato. Guardò di nuovo Andy, che aveva chiuso gli occhi.

Si resse alla sedia.

«Dai, dimmelo» gli disse. «Sei stato tu a far tornare l'aria».

Ma Andy non rispose.

Dario guardò il cielo, calmo e azzurro, avviò la sedia e ripartì.

Ventotto

La linea del mare si allargava man mano che scendevano. Come qualcosa che si apre per accoglierti. E ti invita a restare.

Dario non sapeva se fosse venuto per restare o no, ma il mare gli piaceva e gli piaceva il suo abbraccio, forse perché era l'unico che in realtà avesse mai ricevuto.

Neanche sua madre, quando era piccolo, lo aveva mai abbracciato, almeno da quando Dario si ricordava. L'unico abbraccio di cui aveva memoria era stato di suo padre, in una fiera o in un qualche luna park; non un vero abbraccio, a dire il vero, perché Dario in quel momento si stava addormentando, in piedi, come solo i bambini sanno fare, col gelato in mano che gocciolava a terra, e papà aveva scosso mamma dicendole: «Per la miseria, prendilo prima che caschi giù anche lui».

Ma mamma era gracile, non riusciva a reggere il manico di un aspirapolvere, figuriamoci un bambino. E aveva dovuto farlo lui.

Se lo ricordava ancora quell'abbraccio, forte, sudato, che sapeva di fumo e di camicia aperta, di musica, di colori che guizzavano, delle voci della gente che parlava e rideva e gridava e scivolava via.

Un cartello a bordo strada indicò *Torre Saracena 3Km.* Tre chilometri. Erano niente sulla carta. Purtroppo le carte non tengono conto della vita vera, di quello che hai vissuto prima, di quello che ti separa ancora. Tre chilometri. Per Dario, Torre Saracena era almeno a tre anni luce.

Guardò il sole, che era salito di un tratto sul mare. Un disco tondo e arancio in un cielo infuocato. Gli ricordava la foto sul libro di inglese, dove c'era scritto *sun* e più sotto *sole*. E pensava che in inglese *sole* e *figlio* si dicono allo stesso modo e forse in passato era così, *sole* e *figlio* magari erano davvero la stessa cosa, perché il figlio, in fondo, è il sole per un padre. E viceversa. Anche Dario avrebbe voluto essere un sole per suo padre, lo aveva desiderato con tutta l'anima. Ma qualcosa era andato storto, e suo padre aveva dovuto cercare il sole altrove. A Torre Saracena, appunto.

C'è sempre qualcosa che va storto, nessuno sa perché. Basta un niente, un gesto, una parola, basta un niente, e va tutto all'aria. Non sei tu a deciderlo, è il destino.

Ma ora era diverso, ora Dario si era opposto. Si era messo in viaggio, aveva detto la sua, aveva detto la sua parola contro quella del destino. E andava a Torre Saracena. Andava a riprenderselo, quel sole che gli era stato tolto.

Torre Saracena 2Km.

«Non vuoi fermarti un attimo?»

Andy si voltò. Sorrideva, sorrideva sempre Andy.

Perché?, chiese.

«Così, per una pausa. Non abbiamo neanche fatto colazione».

Andy non rispose.

«Non vuoi fare colazione?»

Se ti va.

«Io ho fame». Si guardò in giro. «Il primo bar che troviamo, facciamo colazione e ci riposiamo un po'».

Andy gorgogliò.

«Ti va?»

Se va a te.

«Ok. Il primo bar che troviamo».

Torre Saracena 1Km.

Il bar arrivò dopo il cartello.

Si sedettero ai tavolini che si affacciavano sulla strada. L'aria era leggera, leggerissima, era il mare, che ormai era lì appena a un chilometro. Il mare rende tutto leggero, anche l'anima. È per questo che chi vive al mare vive più a lungo.

«Allora, cosa prendi?» disse Dario.

Andy guardò la lista, su cui apparivano le foto di piatti freddi, bibite, gelati.

Il barista uscì.

«Un cappuccio» disse Dario. «Con brioche».

«E lui?»

Andy lo guardò. Allungò il mento verso il bordo della lista e gorgogliò facendo qualche bolla di saliva.

«Questo?» chiese l'uomo. «Vuoi un gelato?»

Andy assentì con la testa. Il gestore diede un'occhiata a Dario, sorrise e rientrò.

«Allora, sei pronto?» chiese Dario. Guardò la strada da cui erano appena venuti. Da lì era visibile solo la discesa, tutto il resto era oltre, dietro il dosso che scavalcava d'un colpo un tempo enorme, tre giorni e tre notti. «Non so neanche se lo riconoscerò» continuò guardando il dosso. «È pazzesco, eh? Come si fa a non sapere se riconoscerai tuo padre?»

Un passero si posò sul bordo della sedia. Osservò i nuovi arrivati, piegò la testa verso Dario. Era piccolo, piccolissimo. Sembrava quasi un pulcino.

«Anche tu cerchi tuo padre?» disse Dario sorridendo.

Il piccolo cinguettò. Non sembrava uno che cercasse suo padre. Forse non sapeva nemmeno chi fosse, suo padre. Gli animali non sono come gli uomini, non si fanno tante domande. Perché sanno che senza domande si vive molto meglio. La natura dovrebbe dotare anche l'uomo di un meccanismo anti-domande, un enzima, magari, che individui una domanda in entrata e la blocchi, la isoli, ributtandola fuori per via urinaria. Che meraviglia sarebbe poter pisciare via le domande in arrivo: hai una domanda? Una pisciatina e la domanda svanisce.

Andy gorgogliò, allungò la mano verso il passero. Il passero frullò posandoglisi sulle dita.

«Ecco qui» disse il gestore tornando col vassoio.

Il passerò volò lontano.

Posò il vassoio. «Dov'è che state andando?» domandò.

«A Torre Saracena».

«Ah, siete arrivati, allora, è proprio qui. E che andate a fare a Torre Saracena?»

«Sto cercando una persona». Guardò Andy. «Non so di preciso dove abita, ma so che sta a Torre Saracena».

«Be', conosco quasi tutti a Torre Saracena. Come si chiama?»

«Nico. Nic. Sta con una certa Flora». Sorrise. «Lei ha i capelli verdi».

«I capelli verdi» disse l'uomo. «Flora, hai detto? Sì, sì, ho capito. Ho capito, sono quelli che stanno ai giardini». Guardò Dario. «E perché li stai cercando?»

«Be', lui è mio padre».

L'uomo sorrise, ritirò il vassoio, lo mise sotto il braccio. «Comunque è facile» disse indicando la strada. «Scendete verso il mare, vedi, dove c'è il semaforo, e girate a sinistra. Saranno circa cinquecento metri, girate lì e li trovate subito».

Dario sorrise. L'uomo abbassò gli occhi e tornò dentro.

"I giardini". Doveva essere la zona residenziale, che infatti di solito sta proprio appena fuori città. Con le ville, gli alberi, cancelli di ferro battuto con i campanelli dorati. Doveva essere una cosa così, i Giardini, con i prati magari, per quello li chiamavano Giardini.

Il sole salì a scaldare la strada. Un vapore appena percepibile cominciava a vibrare sul manto d'asfalto.

Andy teneva il gelato stretto in mano; linee sottili di crema e di cacao colavano come piccoli ruscelli sulle dita e lungo il polso. Lui si chinava e cercava di raggiungerli con quella lingua lunga e mobile da formichiere. E rideva, con la bocca e con gli occhi, e col tremito delle spalle e del busto e del bacino, e delle gambe perfino, che pareva stessero su quella sedia soltanto perché qualcuno ce le aveva dimenticate sopra. E meno ci riusciva e più rideva.

«Allora, hai finito?» chiese Dario.

Ma sì, disse Andy, *ho finito. Vorrà dire che il resto me lo mangio un altro giorno.*

Ventinove

Si fermarono al semaforo, la strada era deserta ma Dario si fermò lo stesso. Guardò il rosso, pieno e grande sopra di sé, che lo fissava come un occhio in mezzo al nulla.

Rosso. Non si passa.

Guardò alla sua sinistra la strada che andava ai Giardini, alle ville coi cancelli e i campanelli d'oro. Pensò che un campanello d'oro avrebbe anche potuto metterlo sua madre sulla porta; un campanello d'oro su una casa grigia qualcosa avrebbe fatto, magari avrebbe reso il grigio meno grigio. Ma forse un campanello non bastava se dietro c'era il grigio, forse rendeva solo più evidente il grigio che stava sotto.

Dall'altra parte della strada un furgone attraversò l'incrocio, una grande aquila dorata stampata sulla fiancata. Il conducente sporse la testa dal finestrino, squadrando la *rak-mobile* con aria incuriosita. Una coda di capelli grigi sventolò sotto una bandana rossa. Andy allungò il collo, strabuzzò gli occhi ed emise un lungo verso di benvenuto a quella strana casa mobile su ruote. L'aquila rispose luccicando, il conducente invece rise, gridando parole incomprensibili che il rombo del motore cancellò all'istante. Quindi proseguì per la sua strada.

Il rosso lampeggiò per un istante, guardò Dario, guardò il furgone che era passato, e poi divenne verde.

Dario svoltò. Percorse la strada, la percorse tutta, passò un campo di pallone, una piazzola con dei giochi per bambini. Passò il furgone con l'aquila dorata, fermo in mezzo alla piazzola, da cui il conducente scendeva tenendo una sedia a sdraio fra le mani. Passò un prato, una fila di alberi alti e stretti e si fermò davanti a una cabina elettrica, dove la strada finiva nei pressi di un cancello con un segnale giallo di pericolo.

«Chiuso» disse Dario.

«... Iuso» disse Andy.

«Forse abbiamo sbagliato a girare. Magari più avanti c'era un altro semaforo».

Ripresero la strada. Passarono gli alberi, il prato, la piazzola. L'uomo del furgone era seduto a fumare. A fianco, a terra, era posata una confezione di birre.

«Ehi!» gridò Dario alzando una mano. «Sto cercando i Giardini!»

L'uomo sollevò la testa. «Cosa cerchi?»

Dario accostò a lato della strada. «I Giardini» ripeté. «Mi hanno detto di girare lì al semaforo».

L'uomo si alzò, gli si fece incontro. Guardò Andy, gettò da una parte i capelli che uscivano dalla bandana.

«Non ho capito» disse sporgendosi in avanti.

Aveva occhi strani, liquidi, color petrolio come due pozze di acqua stagnante.

«No, niente, ho sbagliato strada...» disse Dario portandosi una mano dietro la testa. «Non fa niente, grazie comunque».

«Aspetta un po'» fece l'uomo. «Ma io ti conosco?» Tirò su col naso, corrugò la fronte. «Ma sì, io ti conosco... Sono sicuro, non mi scordo mai una faccia. Dov'è che ti ho già visto...?» Poi sgranò gli occhi, aprendo una bocca con denti gialli e irregolari. «... Dario?» disse. «Dario? Sei tu?»

Dario sentì un colpo allo stomaco.

L'uomo scoppiò in una risata. «Flora!» gridò girandosi verso il furgone. «Flora! Vieni un po' a vedere chi c'è qui!»

Si sporse in avanti, afferrò Dario, lo scosse due o tre volte. «Il mio Dario!» disse. «Sei venuto a trovarmi, eh? Sei venuto a trovare il tuo vecchio?»

Dario guardò l'uomo, si girò, fece un passo indietro.

«Ma come, non mi riconosci?» disse quello. «Sono io, sono papà».

«Papà...?»

«Sì! Sì, che diavolo!». Rise, lo abbracciò, si passò la

manica della camicia sugli occhi. «Ma come hai fatto a trovarmi, eh? Diavolo d'un ragazzo... Flora!» gridò di nuovo. Si scostò di un passo. «Che grande ti sei fatto, eh? Il mio Dario. Dario il Grande!»

«Papà, per favore...»

«No, chiamami Nic, tutti mi chiamano Nic». Ammiccò gettando un occhio a Andy. «E lui? Chi è, la tua amichetta?» Rise buttando indietro la ciocca che usciva dalla bandana.

«Papà...»

«Nic. Non papà. Papà è troppo... No? Nic è meglio». Dario strinse gli occhi. La testa gli girava. «Dai, vieni, vieni dentro. Vieni che ti presento a Flora. Flora!» urlò ancora. «Ma dove diavolo ti sei cacciata?»

Trenta

L'aria nel furgone era spessa e dolciastra. Il fumo dell'incenso saliva in volute sottili che si piegavano contro il soffitto ricadendo ai lati. Andy girava la testa a destra e a sinistra per acchiappare le volute con la bocca aperta. Ogni tanto, un piccolo ventilatore volgeva le pale nella sua direzione soffiandogli in faccia le strisce di carta legate alla griglia di plastica.

Nic sorrideva, seduto su una poltrona di vimini dai braccioli consunti, in mano una lattina di birra, in bocca una sigaretta.

«Per la miseria» continuava a dire, «che ti è venuto in mente di venire fin qui? Mi fa piacere, eh, non credere, mi fa molto piacere. Eh, Flora, hai visto il mio ragazzo, l'hai visto che grande che s'è fatto?» E rideva scoprendo i denti gialli.

Flora sorrideva, a sua volta, sotto i suoi capelli verdi, lo sguardo perso, sospeso, come chiedendosi se unirsi a loro o restare a Cannalandia ancora per un po'.

«E la mamma? Come sta la mamma? Saranno, quanto saranno ormai, quattro, cinque anni?»

«Nove» disse Dario. «Nove anni».

«Nove? Cavolo». Sorrise. «Cavolo, è già passato tutto questo tempo? E allora? Come sta mamma?»

Male, papà, come vuoi che stia, che domanda è?

«Così. Abbastanza bene».

«Be', dai, sono contento» disse Nic. Si chinò, fece un cenno. «Allora. Che ne dici di Flora? È o non è una bella donna?»

Flora girò lo sguardo, sorrise, aprì le braccia. Poi le richiuse come per afferrare un cuscino inesistente. No, restava a Cannalandia.

«È vero? Eh? È proprio una forza, te l'ho scritto, no? Hai ricevuto le mie cartoline?»

Dario lo guardò, annuì.

«E invece il tuo amico?»

«Andy».

«Sì, lui. Come mai è con te?»

«Niente. Facciamo un viaggio insieme».

«Non dovrebbe stare in uno di quei centri? Sai, quelli per..., come si chiamano, come si chiamano quelli come lui?»

«Andy, papà, lui si chiama Andy».

«Sì, no, io intendevo...»

«Lo so cosa intendevi».

Andy grugnì, scosse la testa.

Dario lo guardò.

Questo è tuo padre?

Così sembra.

Adesso capisco molte cose.

Dario rise. Eh già.

«Ma lo capisci?» disse Nic. «Cioè, tu hai capito cos'ha detto?»

«Certo che ho capito». Guardò Andy. «Ha detto che sei un idiota».

Andy scoppiò in una risata.

Nic sorrise, guardò Andy, guardò Dario. «Ha ragione» disse ridendo. «Ha ragione, sono proprio un idiota. Tu invece sei bravo, sei proprio bravo a occuparti di uno come lui».

Dario lo guardò. «Non è così difficile, papà». Abbassò lo sguardo. «Più o meno come avere un figlio».

Nic non rispose. Tirò dalla sigaretta. Guardò Flora, sul fondo del furgone. Rise di nuovo, batté una mano sulla gamba.

«Be', lo dicevo! Lo dicevo che mio figlio è un grande. Lui è Dario. Dario il Grande». Si allungò per abbracciarlo.

«Papà...»

«Che c'è? Non posso abbracciare mio figlio, adesso?»

«Fa caldo...»

Nic si ritrasse. «Be', dimmi qualcosa, dai. Cos'è che fai? Com'è la tua vita? Hai una ragazza? È bella? È come Flora?» strizzò l'occhio. «Te la vuoi sposare?»

«No, ma che sposare, ho sedici anni!»

«E che vuol dire? La nonna si è sposata a quindici, non lo sapevi? Che c'è un'età per fare queste cose?»

«No, non ho nessuna ragazza».

«Be', per la miseria, mi sembra un gran peccato. Io con Flora ci sto così bene che a volte penso proprio di sposarmela».

Dario sorrise. Osservò le pupille grigie e opache di quell'uomo, come pesci nel fango.

«Con mamma eri sposato» disse.

«Be'... sì... Lo sono ancora. Secondo la legge, almeno». Storse il naso. «La legge».

Fece un gesto con la mano. Bevve un sorso, gettò la birra vuota verso il secchio dell'immondizia. La lattina colpì il tavolo e ricadde nel lavello.

«Hai ragione, al diavolo, non mi piace il matrimonio. Non sono fatto per il matrimonio. E neanche Flora, noi stiamo bene così, è vero Flora?»

Si alzò, andò verso la donna, le prese il volto fra le mani e le diede un bacio sulla bocca, lungo, ruvido, un bacio di fumo e dall'odore di birra.

«Dai, vieni» disse allargando le braccia. «Vieni qui e dammi un abbraccio. Tutti insieme».

Dario ebbe una vertigine. Il caldo, il fumo, l'odore dell'incenso. Sentì i sudori freddi, lo stomaco agitarsi.

«Scusa» disse. «Vado fuori un attimo...» Si alzò. «Solo un attimo...»

«Sì, sì, fai pure, non ti preoccupare» disse Nic. Guardò Flora, la baciò di nuovo.

Dario uscì sotto il sole che batteva. Fece tre passi, si piegò sulle ginocchia, rigettò.

Si appoggiò al tronco di un albero. Sentiva il corpo reagire come a un'allergia. L'unico suo pensiero in quel momento era andarsene, andarsene da quel posto, lontano, fuggire, scappar via.

Ma questo lo aveva già fatto. Ed era finito lì, ai Giardini. Dove non c'erano le ville. Non c'erano i cancelli coi campanelli d'oro. Non c'era neanche un padre. C'era solo un furgone che fingeva di essere una casa.

E il sole, spietato, che gettava su tutto la sua luce insopportabile.

Trentuno

Flora rientrò appoggiando sul tavolo la borsa di tela.

Si levò il nastro dai capelli e sciolse la sua coda in una cascata verde.

«Brava la mia Flora» disse Nic alzandosi dalla poltrona.

Dario rimase seduto, accanto a Andy, che stringeva ancora in mano la sua mazza da polo, un bastone, in verità, alla cui estremità era stato avvolto del nastro da pacco.

Avevano passato l'intero pomeriggio a giocare nella piazzola, colpendo un pallone di plastica con mazze improvvisate. Dario e Andy in sella alla *rak-mobile*, Nic seduto su una vecchia sedia con le ruote.

Disabili contro Giardini, ventidue a diciannove, i Disabili avevano battuto i Giardini sul loro stesso campo da gioco, distinguendosi per strategia e adattabilità.

Ora i giocatori erano rientrati negli spogliatoi e avevano riposto la palla e le mazze. Tutti tranne Andy, che la mazza se l'era tenuta stretta. E non sembrava aver intenzione di restituirla.

«Brava la mia Flora» disse Nic alzandosi e andando verso di lei. Prese la borsa e riversò il contenuto sul tavolo.

«Carciofi selvatici» disse. «Li trovi ovunque qui, i campi sono pieni. Basta togliere le spine e le foglie dure».

Raccolse i carciofi, li mise nel colapasta, li passò sotto l'acqua. «Dieci minuti ed è pronto. Intanto portate di fuori il tavolo».

Sistemarono il tavolo nello spiazzo, le sedie intorno, una lampada elettrica a terra, collegata a un generatore.

Il cielo cominciò a scurire. La linea del mare si fece piatta, cristallo blu sotto il sole che si abbassava.

Nic uscì dal furgone e posò sul tavolo una ciotola. Dario si sporse, allungò le mani. «Aspetta» disse Nic.

Flora si alzò, allargò le braccia, gettò la testa all'indietro.

«Grazie, madre Terra» disse a voce alta, troppo alta per essere naturale. «Grazie dei tuoi doni preziosi». Arcuò il corpo come per offrirlo all'universo. «Grazie dei tuoi frutti, grazie dei tuoi semi».

«... Emi» ripeté Andy.

Poi si sedette e sorrise ai presenti allargando le braccia. «Grazie» ripeté.

«Non è forte?» esclamò Nic. «Eh, Dario, non è forte, la mia Flora? Lo sai che Flora è una donna-albero? Non te l'avevo ancora detto perché volevo che lo vedessi da te». Annuì, alzò le sopracciglia. «Non te l'aspettavi, di' la verità!»

Dario non rispose. Guardò Flora, che sorrideva, in pace col mondo.

«Siamo creature a metà fra terra e cielo» disse. «Fra il cuore dell'uomo e l'anima del mondo». Tese la mano con le dita aperte, come per imprimerne all'intorno l'energia vitale. «Custodiamo la pace universale e la trasmettiamo attraverso le nostre mani-albero».

Nico batté una mano sul tavolo e rise forte. «La prima volta che l'ho incontrata» disse affondando nella ciotola un cucchiaio «è stato a un raduno di donne-albero. Ma lo sai che ce ne sono solo trenta in tutta Italia?» Dario continuava a non parlare. «Lo so, eh, che sembra una cosa da matti, ma è proprio così, è come dice lei. Sono tante le cose che non sappiamo della vita, tantissime».

Dario lo guardò. «Per esempio perché hai lasciato mamma» disse.

Lo disse senza pensare, così, la voce uscì da sé, non c'era polemica, non c'era rancore. Lo disse come si dice che la scuola è finita, o che l'estate sarà calda quest'anno.

«Dai, che c'entra adesso...» disse Nic ritirando il cucchiaio.

Dario abbassò gli occhi. «È una delle cose che non so della vita».

Nic servì Andy e Flora e appoggiò la ciotola davanti a sé.

«Non lo sai perché non c'è risposta, Dario. Perché ho lasciato mamma? Che ne so perché ho lasciato mamma?»

Dario non rispose.

«Non c'è un motivo. L'ho lasciata perché sentivo così, e basta. Che ne so, magari in quel momento era la cosa giusta. Magari lo aveva deciso la madre Terra, eh, Flora, tu che dici...»

Guardò Flora, che non ricambiò lo sguardo.

«Magari io non sono stato abbastanza Grande» disse Dario. Ma la voce quasi non si sentì.

«Per la miseria, non è stato mica facile per me. Non è stato facile andarmene via così».

Immagino, papà, non dev'essere stato facile per niente. Ma restare, quello è stato peggio. Io e mamma siamo restati. Aspettando tutt'e due, per anni, di avere qualcosa indietro, da Dio, dal cielo, dalla madre Terra, un riscatto di qualunque tipo, perché se uno se ne va dev'esserci qualcosa che ti ritorna indietro.

Andy intanto cercava di impugnare il cucchiaio, di girarlo, di intingerlo nella zuppa. Lo tuffava dentro la ciotola, lo sollevava di nuovo versando sul tavolo tutto il contenuto, rideva, gorgogliava, ci provava ancora continuando a ridere.

Dario gli prese la mano, gliela guidò. Andy aprì la bocca, roteò la lingua, aspirò la zuppa. *Hai visto?* diceva mentre la aspirava. *Hai visto, lo so fare anch'io. So mangiare come gli altri, col cucchiaio, hai visto?*

Ma Dario non lo guardava. Guardava oltre, lontano. Vedeva una panchina, un lungomare, e nubi grosse e scure nel cielo quasi viola. Una donna piangeva, fra le grida dei gabbiani, in silenzio per non farsi sentire dal bambino che era accanto a lei. E volgeva lo sguardo al bar azzurro e bianco in fondo al lungomare, e al viale lungo e alberato dove una persona se ne andava, se ne andava via per sempre, per non tornare più.

«Be', insomma, mi dispiace, ok?» disse Nic. «Mi dispiace, non so che altro dire». Sorrise, diede a Dario una pacca sulla spalla. Dario sussultò. «Ma adesso siamo qui, no? È questo l'importante. Siamo qui e puoi restare quanto vuoi».

Dario non rispose. Cercava di scacciare quelle nubi, o farle scendere almeno, fino alla panchina, che nascondessero la donna e quel viale così lungo e così vuoto, troppo vuoto per guardarlo ancora.

«Capito, Dario? Puoi restare». Distese le braccia sopra il tavolo, gli strinse la nuca con le mani forti. «Tu sei il mio ragazzo, Dario. Tu sei Dario. Il Grande».

Dario annuì, sorrise, tornò a guardare lontano. E pensò che in quel momento avrebbe voluto trovarsi altrove, a un milione di chilometri da lì, in un altro mondo, in un'altra galassia.

A casa, per esempio.

Trentadue

Rientrarono che fuori era buio. Flora era già dentro e dormiva già da almeno un paio d'ore. Le donne-albero vanno a letto presto, aveva detto Nic. Forse era per via della fotosintesi...

Anche Andy dormiva quando Dario lo riportò nel furgone. Lo adagiò sul materasso sistemato accanto al tavolo. Gli mise la pomata sulla mano, sulla ferita che ormai si era già chiusa. E uscì di nuovo.

«Sei sicuro di dormire qui fuori?» chiese Nic.

«Sì, sì. Non è la prima volta».

Nic sorrise. «Sei proprio figlio mio, eh? Uno spirito libero. Be', allora buonanotte».

«Buonanotte». Si avvicinò a Dario, gli strinse un braccio con la mano e se ne andò, salendo i gradini di metallo.

«Scusa» disse fermandosi sulla porta. «Non è che magari hai un po' di fumo?»

«Fumo?»

«Fumo, sì». Portò due dita sulle labbra. «Non ne hai un po' per caso?»

Dario scosse la testa.

«Bravo» disse Nic. «Bravo il mio figliolo. Il fumo non è roba per bambini». Lo salutò con un gesto della mano.

E sparì all'interno.

Il fumo non è roba per bambini. Certo che non lo è, papà, non lo è mai stato. Infilò la mano nella tasca posteriore. Eppure eccolo qui, eccolo qui il fumo, non te lo aspettavi, eh, ne ho sempre io di fumo in tasca. Tastò la bustina, cedevole sotto i polpastrelli, come una creatura da plasmare a propria immagine.

Gli venne in mente lui, Dario, che fumava con suo padre, nel furgone, con le birre e la ciotola coi carciofi selvatici. Ebbe un moto di fastidio, all'idea di fumare con suo padre, all'idea in genere di fumare con uno come Nic, che fosse suo padre oppure no, perché uno come Nic, Dario non lo avrebbe mai scelto, in un milione di anni, per fumarci insieme.

Si sistemò, stendendosi sulla sedia a sdraio. Chiuse gli occhi. I gabbiani stridevano ancora. Le nuvole si erano un po' abbassate.

Si addormentò subito.

Si svegliò per via di un suono, lontano, un suono metallico che rimbalzava fra le piante del bosco.

Aprì gli occhi, rimase in ascolto. Sembrava una tromba.

Guardò il cielo punteggiato di stelle. Intorno, gli alberi erano immobili e incolori, come assenti. La tromba suonava a tratti, con note spezzate e irregolari. Chi è che si era messo a suonare una tromba in piena notte, in mezzo al nulla?

Si alzò, attraversò il pratone, raggiunse il ciglio della strada. Guardò a destra, a sinistra, la cabina elettrica, laggiù, immersa nell'ombra, il semaforo col suo occhio lampeggiante acceso nel buio.

Il vento spazzava la strada a sbuffi lievi e prolungati. La tromba non si sentiva più.

Un uccello gracchiò, un'auto passò l'incrocio.

Dario si girò, tornò sui propri passi. Si udì una frenata, secca, un tonfo. Poi un silenzio riempito dal ronzio di un motore acceso.

«Ehi!» gridò Dario. Nessuno gli rispose. «Tutto bene?» Silenzio. Il motore. La notte che premeva.

Dario si mise a correre, arrivò all'incrocio, piegò lungo la discesa.

C'era un'auto, ferma, a fari accesi, due luci rosse in mezzo alla campagna quasi nera.

«Ehi!» gridò ancora.

L'auto ripartì veloce. E scomparve nel buio.

Dario strinse gli occhi. C'era un corpo sulla strada, steso a terra, scuro, immobile.

Si avvicinò. Era un uccello, era uno di quelli con le zampe lunghe, un airone o chissà.

Dario si chinò, allungò una mano, l'uccello scalciò, aprì le ali, sbattendole nell'aria e sull'asfalto.

«Piano, piano» disse Dario. Lo cinse con le mani, accarezzando le penne morbide e liscissime. L'uccello si calmò. Alzò il collo, lo distese.

In quel momento un'auto scese dalla strada e superò l'incrocio.

Dario si alzò.

«Ehi!» esclamò agitando un braccio. «Ferma! Ferma!»

L'auto si fermò.

«Cosa succede?» disse una donna abbassando il finestrino.

«Un uccello. Lo hanno appena investito».

La donna scese dall'auto, si avvicinò, si fermò davanti a lui. Una veste azzurra si piegò fino a toccare terra.

Dario scattò in piedi.

La suora gli sorrise. «È ferito?» disse.

«Sì, credo di sì» rispose Dario. «Dev'essersi rotto qualche cosa».

La suora prese l'airone, lo osservò reggendolo con mani lievi e ossute. Aveva un viso dolce e affilato. E due occhi colore dell'ambra.

«Eh sì, si è spezzato un'ala» disse. Accarezzò il dorso dell'airone. «Conosci un veterinario da queste parti?»

Dario scosse la testa. «No, non abito qui. Sono in visita... da amici». Abbassò lo sguardo.

«Ho capito» disse la suora. «Be', occorrerà prestargli cure mediche».

«Non se ne può occupare lei?»

La suora lo guardò. Uno sguardo chiaro e limpido che metteva a disagio.

«Sì, certo, ci penso io». Rimise l'uccello a terra. «Tienilo fermo, vado a prendere una coperta per avvolgerlo».

La suora tornò all'auto e aprì il portellone.

L'airone girò l'occhio tondo, fisso, aperto.

«Tranquillo» disse Dario. Lo avvicinò al petto, come per cullarlo. Sentiva il battito del suo cuore piccolo, di uccello, dentro il petto morbido. L'airone si lasciò tenere.

«Portamelo qui!» disse la suora.

Lo adagiarono dentro a una coperta fra una borsa di albicocche e una cesta di gomitoli di lana.

«Fai attenzione. Bravo. Ecco. Sei bravo, sai, con gli animali».

Dario sorrise. «Più bravo con gli animali che con le persone».

«Oh, non c'è molta differenza» disse la suora. «Anche le persone sono esseri fragili. Anche loro si spezzano le ali qualche volta».

Dario si scostò dall'auto. «Io ne conosco una» disse Dario. «Una persona, voglio dire. Con le ali spezzate. L'hanno messo su una carrozzina».

«E sei tu a occupartene?»

«No, lui è assistito, dove abita, e anche a scuola. Anche se è assistito da una deficiente che...» Si interruppe, guardò la suora. «Mi scusi...»

«Be'» disse lei. «È fortunato ad averti come amico».

Dario abbassò gli occhi. «No, non è vero. Lui non dovrebbe essere qui. Ce l'ho portato io». La suora non rispose. «Non so neanche perché».

L'airone ebbe uno scatto. Aprì il becco, alzò la testa, sporse un'ala fuori dalla coperta che lo avvolgeva.

La suora gliela ripiegò delicatamente lungo il corpo. «Non preoccuparti» disse a Dario. «Penso io a lui. Tu pensa al tuo amico, e fa' quello che ritieni giusto fare».

Richiuse il portellone con un colpo secco.

Quel che è giusto fare. Qualcuno me lo dice, quel che è giusto fare?

«Vedrai che se ci pensi lo sai già» disse la suora. «Mi sembri più in gamba di quanto tu non creda».

Sorrise. Dario le porse la mano. La ritirò. Com'è che si saluta una suora?

«Grazie di essersi fermata» le disse quindi.

«Grazie a te di essere rimasto».

Salì in auto e ripartì.

Quando Dario ritornò al furgone, Andy dormiva su un fianco, le gambe sottili rannicchiate sopra il materasso.

Si chinò, gli raccolse il braccio scivolato a terra, fragile, sottile, come l'ala di un airone, glielo portò al petto.

E si stese accanto a lui.

Trentatré

Il furgone si fermò nella piazza della stazione. Il sole era già alto nel cielo, ma l'aria era fresca.

Nic spense il motore e si girò verso i sedili posteriori.

Andy sorrise. «Casa...» disse.

«Eh sì» disse Nic. «Casa». Smontò dal posto di guida e si avvicinò a Dario. Si chinò, lo scosse per le spalle.

«Si è addormentato» disse strizzando l'occhio a Andy.

Dario aprì gli occhi. «Siamo già arrivati?»

«Casa...» ripeté Andy.

Dario si alzò, prese lo zaino, aprì il portellone.

«Be', non serve che vi accompagni» disse Nic. «La strada la conosci». Guardò Dario che legava Andy sulla sedia. «Sei sicuro di non voler stare un po' da noi? Guarda che anche Flora è d'accordo, ne abbiamo parlato, ieri sera. Insieme al tuo amico se ti va».

«No, grazie» disse Dario. «Andy è rimasto fuori casa anche troppo». Sorrise alzando un angolo della bocca. «Staranno dando fuori di matto qui».

Nic rise. «Hai fatto un bel casino, eh? E bravo il mio ragazzo. Proprio come suo padre».

«Dai, aiutami» disse Dario.

Calarono Andy in strada.

Andy rise. «... Iao» disse a Nic tendendogli la mano.

«Oh, ciao» rispose Nic stringendogliela con forza. Si risollevò, guardò Dario, si sporse, lo abbracciò. Restò così, per un attimo, fermo, respirando piano. «Mi dispiace» disse quindi. «Mi dispiace, se non sono quello che ti aspettavi».

Dario non si mosse. Lasciò che Nic si scostasse da lui.

«Be'» disse Nic. «Salutami la mamma... Anzi no... è meglio di no... Insomma, fai come credi». Fece un passo indietro.

Dario avviò il motore della sedia. «Ciao, papà» disse. Lo guardò. Un'ultima volta.

E si allontanò.

Risalì il viale alberato con un mare di pensieri nella testa. Un mare di pensieri fra cui, inaspettatamente, suo padre era il più remoto. Come non fosse mai esistito, come se i Giardini, Flora, il furgone fosse stato tutto solo un sogno, qualcosa di remoto, una storia letta anni prima dentro un libro, che il tempo aveva quasi cancellato. E mentre percorreva il viale che portava alla scuola, gli sembrava di vedere, di quel libro, alcune pagine, che volavano nel vento, via, oltre gli alberi e scomparivano lontane verso il mare.

Entrò nell'istituto, salì la rampa che portava di sopra, bussò alla porta della presidenza.

Aprì. Non disse nulla. Guardò il preside alzarsi, sbiancare, appoggiarsi al bordo della scrivania.

E un senso di stanchezza lo invase come un'onda di marea.

Trentaquattro

Sì, Dario rischiava l'istituto correzionale. Ma questo lo sapeva, era inevitabile, già se lo aspettava.

E non gliene fregava niente.

Anche adesso, seduto davanti al preside in quell'ufficio che puzzava di sigaro, di vecchio, di ombre, di minacce, anche adesso, soprattutto adesso, non gliene fregava niente.

C'erano tutti, dentro quella stanza, il preside, la vicepreside, la Delfrati, la psicologa dell'istituto, la segretaria, quella iena, e il bidello, perfino lui, che sorrideva sotto i baffi come se per tutti fosse arrivata, finalmente, la resa dei conti. L'unica a mancare era Elisa, e la sua faccia tonda e insopportabile. Ma Elisa, questo Dario non lo sapeva ancora, non lavorava più lì.

E c'era Andy, e i suoi genitori. Dario non li aveva neanche guardati, neanche una volta. Aveva tenuto la testa bassa, fin da quando era entrato, lo sguardo fisso sulla punta delle scarpe. E si era seduto, tutto qui. Tanto guardarli a che serviva? Sapeva benissimo cosa stavano pensando, e avevano ragione, perché era la stessa cosa che pensava lui di se stesso.

Ma non gliene fregava niente.

Non alzò lo sguardo nemmeno quando il preside lo afferrò per le spalle e cominciò a scuoterlo come un albero di mele. «Che cosa dobbiamo fare con te?» gridava. «Che cosa dobbiamo fare?» faceva eco la Delfrati. Il Gatto e la Volpe sembravano. E che dovete fare? Chiamate Geppetto, Mangiafuoco, chiamate chi volete voi, fatelo e basta, tanto a me non me ne frega niente.

Andy intanto roteava gli occhi, lontano mille miglia, come sempre, da quello schifo. Dario lo fissava, e pensava sei una forza, Andy, sei una vera forza. Magari potessi anch'io essere così. Vedere quello che succede come un film, come una cosa che ti scorre davanti e tu la guardi, in poltrona, a distanza, sorridendo.

Allora, Andy, com'è il film?

Non so, è appena cominciato.

Io invece l'ho già visto. Mille volte.

Ah sì, e come va a finire?

Non bene, di sicuro. Lo sai dove mi mandano?

No, dove ti mandano?

Al correzionale.

E che cos'è?

Un posto in cui raddrizzano gli storti come Dario.

Gli storti? Allora vengo anch'io, magari raddrizzano anche me.

Te? Ma che dici? Se sei più dritto di noi tutti messi insieme!

Ma va' che sono storto anch'io. Non vedi...?

E si piegava, sporgendo il braccio dalla sedia.

«Mio Dio» esclamò qualcuno. «Ha mosso il braccio...»

«Il braccio?» disse qualcun altro.

«Il braccio. Proprio adesso».

Sì, bravi, ha mosso il braccio, pensò Dario, e muove anche le mani se è per questo. Ho fatto il miracolo, come san Francesco. Ma magari no, cosa ne so io, magari lo faceva già da prima e non ve n'eravate accorti. Cosa ne so io? Io sono solo una mela marcia, è così, no, che tutti mi conoscono?

Qualcuno corse fuori, entrò altra gente, Andy fu portato via.

Ciao, Dario disse Andy mentre gli passava accanto, *ci vediamo presto.*

No, Andy, non credo. Non credo che ci vedremo più.

La porta si richiuse. Nella stanza rimase solo il preside.

Fece un respiro, tornò alla scrivania.

«Molto bene» disse congiungendo le mani.

Dario sorrise. Caro preside, risparmi il fiato, segua il mio consiglio. Tanto cosa cambia? Qualunque cosa dica, qualunque cosa faccia, sarò sempre e comunque una mela marcia, no? Me lo ha insegnato lei. Perciò davvero, non è per cattiveria, ma di quello che dirà e di quello che farà, caro preside, non me ne frega niente.

Trentacinque

Dario non parlò, non mangiò, non uscì dalla sua stanza per giorni, mesi, anni, chi poteva dirlo, come si misura il tempo dentro a una stanza chiusa?

Sua madre bussava, entrava, posava il vassoio sulla sedia, usciva. E da dietro la porta Dario la sentiva singhiozzare.

Dario. Il Grande. Se fosse stato davvero Grande, tutto quello non sarebbe mai successo. Se fosse stato davvero Grande, Dario non sarebbe mai scappato via a quel modo. E se anche lo avesse fatto, non sarebbe mai tornato indietro. Se fosse stato Grande.

Ma neanche di questo era più tanto sicuro. In realtà non sapeva affatto che cosa fosse Grande e cosa no. La Grandezza non è una cosa che si può decidere, o spiegare, o programmare a tavolino. Non si può chiedere a qualcuno di essere Grande, se è grande è grande, tutto qui, fine della storia. Non c'è un perché per tutto, no? Perché papà se n'era andato? Non c'è un perché per tutto.

Eppure un perché restava, fisso, a tormentarlo. E gli girava nella testa come una mosca in un bicchiere. Perché mamma non glielo aveva detto? Perché non gli aveva detto com'erano andate veramente le cose, che la colpa di tutto non era sua, non era loro, era di papà, solo di papà? Che era stato lui a scegliere di andarsene, come un ladro, che entra in una casa e porta via molto di più di quello che può stare in una borsa. Perché mamma non glielo aveva detto?

Era mattina. Scostò la sedia con un calcio. Si girò, guardò il soffitto e la crepa che correva verso la finestra. Si girò di nuovo. Ed era sera.

Non disse nulla. Si infilò le scarpe senza neanche allacciarle e attraversò il salotto. Sentì mamma che correva, che chiamava, che gridava. Infilò la porta e si mise a correre, in strada, lungo il viale, fra le macchine che suonavano e rimanevano indietro.

E quando gli mancò il fiato, rallentò, continuando a camminare, a testa bassa, coi pensieri che muovevano le gambe, pensieri forti, rossi, arrabbiati.

Imboccò la strada che portava alla collina, salì in cima.

Si fermò. Riprese fiato.

C'era una strana calma sopra quella nuvola d'erba. La città galleggiava appena sotto, lontana, silenziosa, avvolta da una coltre di luce sottile, come la pellicola per avvolgere i cibi congelati. Una città congelata in una bolla trasparente che se ne stava al posto suo, per una volta. Innocua. Per una volta. Inoffensiva.

Il cuore rallentò, uno... due... uno... due... e riprese il suo ritmo naturale.

Uno... Due...

Uno... Due...

Dario chiuse gli occhi. Respirò. Li riaprì, nella luce chiara, morbida, e nell'aria, così leggera che pareva quasi poterti sostenere.

Alzò una gamba, salì sopra il muretto che separava la collina dal vuoto.

«Fallo, Dario, fallo». La voce di papà parve salire dalla bolla calda che chiudeva la città. «Fallo, non chiederti perché. Non c'è un perché, non c'è un perché per tutto».

Dario guardò le nuvole, e il volto di papà che vi si componeva dentro, un vapore di fumo dentro a un cielo vuoto.

«Lo faccio? Davvero? Vuoi che lo faccia, papà?»

«Sì, Dario, fallo, cosa aspetti? Tanto cosa perdi?»

Dario non si mosse.

Papà aprì le braccia, sorrise, vieni, disse nel vento che soffiava.

Dario lo guardò, lo fissò fin dentro a quegli occhi vuoti fatti d'aria e di niente. «Io non sono come te» disse quindi.

L'immagine vibrò, per un istante, si dissolse, tornò a delinearsi.

«Io non sono come te, papà. Non ti ricordi? Io sono Dario, Dario il Grande. Sei stato tu a chiamarmi così».

Vento, fumo che vibrava, silenzio, cielo vuoto.

Scese dal muretto.

«Lo sai cosa ti dico?» Fece un respiro. « Va' al diavolo!»

«Ma... Dario... Io sono tuo padre...»

«Va' al diavolo lo stesso. Anzi...» Infilò la mano in tasca, tirò fuori la bustina. «Ce l'avevo il fumo, papà. Eccolo qui, lo vedi, ce l'avevo il fumo. Ne vuoi un po'?»

Ne prese una manciata, la lanciò nell'aria. «Ecco, prendilo!»

L'erba marrone si disperse nel cielo, il vento la afferrò e la portò con sé.

«Dai, prendilo, ne ho ancora, ne ho un sacco di fumo, prendilo, tanto hai preso tutto il resto». Lanciò un'altra manciata. Un'altra. Un'altra ancora.

E mentre l'erba si alzava dentro al cielo e se ne andava, lontano, sopra la città, era fumo, era noia, era schifo; era suo padre e Flora dai capelli verdi, ed era Elisa, era la scuola, era il preside e il correzionale e la Delfrati e Dario-mela-marcia e tutte quelle cose a questo mondo che non erano Dario. Dario, lui, quello vero, era lì, sulla collina, dietro a quel muretto. Il resto era niente, era vuoto, era merda, merda e basta, che si sparpagliava come neve marrone su una città congelata.

Quando rientrò a casa, mamma era in piedi davanti alla finestra.

Dario si fermò nell'ingresso, la guardò, la guardò bene quella sua mamma fragile e asciugata dal tempo, l'unica ad essere lì con lui, ogni giorno, sempre, l'unica, fra tutti.

«Dario» disse mamma.

Lui abbassò la testa, si lascò toccare, come un cane che accetta l'amicizia di uno sconosciuto.

«Sono stata così in pena per te» disse lei abbracciandolo. Si strinse a lui, stringendo fra i pugni la maglietta.

«Lo so, mamma. Scusami». Aprì la bocca, la richiuse. «Sono stato da papà» disse quindi. «Sai, dove sta adesso. Insieme a Flora».

Mamma non rispose. Rimase immobile, per qualche secondo, così, abbracciata a lui. Poi fece un passo indietro, gli occhi grandi, le mani unite sulle labbra.

Perché non me lo hai detto, mamma?, pensò Dario. La fissò, gli occhi negli occhi, la cartolina tesa in una mano. Perché non me lo hai detto? Che la colpa non è stata mia, è stata di papà, che è stata colpa sua se è andato tutto all'aria? Perché non me lo hai detto?

Mamma gli prese la mano fra le sue, la chiuse lentamente. La cartolina si accartocciò come una foglia vecchia.

«E come lo capivi, così piccolo?» disse asciugandogli la guancia.

Trentasei

Il telefono aveva squillato ancora. Mamma era dovuta correre lasciando il fuoco acceso.

Quando era tornata, Dario era in cucina, con un guantone da forno, che scrollava la padella come se volesse far venire giù la grandine.

«Ma cosa fai?» aveva chiesto lei ridendo.

«E che ne so? Non volevo si bruciasse».

Mamma aveva riso per quasi due minuti. «Dai qua che faccio io» aveva detto quindi.

Ora Dario aspettava in salotto, seduto sul divano. Batteva il piede sul tappeto e, insieme, la mano sulla coscia.

Perché era così agitato? Non glien'era mai fregato niente delle visite, mai, in tutta la sua vita. Anzi. Aveva sempre evitato come la lebbra l'idiota di turno che arrivava coi fiori e con le paste.

Solo che quella che aspettava non era la visita dell'idiota di turno.

Il campanello squillò, mamma aprì la porta.

«... Ario!» esclamò Andy.

Dario si alzò.

«Ciao, scemo da corsa» disse facendoglisi incontro.

«...`. Emo da cossa...» ripeté Andy spalancando la bocca.

Entrò, si fermò davanti a lui.

«Una sedia nuova?» disse Dario inginocchiandosi. «Wow. Come mai la novità?»

Perché questa la manovro io rispose Andy.

Fece una pernacchia, spinse una leva sul bracciolo, la sedia girò in tondo. Travolse il tavolino, la poltrona, il cesto coi giornali.

«Andy! Andy!» esclamò sua madre. «Andy...» Lo prese per un braccio, Andy tolse la mano dalla leva, la sedia si fermò. La spinse di lato, poi in avanti, avanzò pian piano e si fermò davanti a Dario.

Allora? Che ne dici?

Be', riesci a farne di cose con st'affare.

Eh sì. Regalo di papà.

Niente più *rak-mobile?*

No. Non serve più.

Però era bella, eh?

Bellissima. E tu?

Io niente, il solito.

E il correzionale?

No, quello, non ci vado più. Non chiedermi perché, non lo so nemmeno io.

Peccato, ci tenevi così tanto.

Be', c'è ancora tempo, magari l'anno prossimo.

«Ciao, Dario».

Dario guardò in alto. «Buongiorno» disse alzandosi di scatto.

Due occhi neri e mobili lo fissavano. Quanto assomigliava Andy a suo padre. Strinse la mano che lui gli tendeva.

«Non ci siamo ancora presentati. Ufficialmente».

«No...»

«Senti» disse l'uomo, si voltò, guardò sua moglie che parlava con mamma. «Posso dirti due parole?»

«Ma certo. Dica pure».

«In privato».

«Andiamo in camera mia?»

«Perfetto».

Entrarono, chiusero la porta.

L'uomo gettò un'occhiata rapida alla stanza. A terra c'erano dei pantaloni, un paio di scarpe da ginnastica allacciate, una maglietta rivoltata, un vassoio con un piatto vuoto.

«C'è un po' di confusione» disse Dario portandosi una mano alla nuca.

«Non fa niente. Senti, Dario, riguardo a quello che è successo...» Lo guardò dritto negli occhi, come per cercare qualcosa di nascosto, nel profondo. «Io non so che cos'hai fatto a Andy in questi giorni che siete stati via...»

Dario sentì un colpo alla bocca dello stomaco. «Non gli ho fatto niente...» disse. Fece un passo indietro, si appoggiò alla porta. «Glielo giuro, non gli ho fatto niente...»

«No, tranquillo» lo interruppe l'uomo. Alzò entrambe le mani. «Non intendo questo, lo so che non gli hai fatto niente». Sorrise. Andò al letto, si sedette. «Anzi. È proprio il contrario». Rimase un attimo in silenzio.

«Ma lo hai visto Andy?» disse quindi. «Hai visto come parla, come risponde, come si muove? Non faceva niente di tutto questo prima che arrivassi tu. Io non so come ci sei riuscito, ma hai fatto in quattro giorni quello che nessuno è riuscito a fare da quando Andy è sulla carrozzina». Si alzò, andò alla finestra. «Perciò, Dario, qualunque cosa tu abbia fatto a Andy, ecco, vorrei che non smettessi». Si girò, fissò Dario con un'espressione strana, uno sguardo fermo, e forte, e deciso, e insieme caldo e morbido e accogliente; forse è così che un padre guarda il figlio. «Vorrei che voi due continuaste a vedervi».

Dario fece un respiro. Wow, e chi se lo aspettava?

«Non fraintendermi, non ti chiedo di assisterlo, o di curarlo, solo di vederlo. Stare un po' con lui, stare un po' insieme, come avete fatto quando eravate via». Dario lo guardava senza dire nulla. «Dario, mi sento un po' cretino a dirti queste cose, perciò, se potessi darmi un cenno...»

«No... sì...» rispose Dario. «Scusi, è che non me l'aspettavo».

«Neanch'io, devo confessarlo. Lo sai che Anna era furiosa? Mia moglie, era furiosa. Lo sai che hai rischiato di beccarti una denuncia, ma di quelle serie, Dario, di quelle che ti sbattono in galera?»

«Lo so. Mi dispiace».

L'uomo lo guardò. Sorrise. «No, non è vero» ribatté. «Secondo me ve la siete goduta un mondo».

«Be'... effettivamente...»

L'uomo rise portandosi una mano alla nuca. «Lo vedi? È proprio questo. È proprio questo che intendo, Dario». Si risedette, scuotendo la testa. «Tu hai un dono, perdio, hai un dono grande. E la cosa bella è che non sai di averlo. Si sente ogni tanto di gente che sa far cose che gli altri non si sognerebbero neppure, persone con un dono, che ne so, per la musica, per l'arte, per la matematica. Be', io credo che tu sia una di quelle. Credo che tu abbia un dono per le persone. Per le persone come Andy».

Dario scosse la testa. «E io che pensavo mi volesse appendere per le palle...»

L'uomo rise. «Be', sì, l'ho pensato anch'io. Allora senti: facciamo che io non ti appendo per le palle, e tu rifletti su quello che ti ho appena detto».

«È sicuro?» disse Dario. «Perché non so se il preside...»

«Lascia stare il preside, gli ho già parlato io».

«E per lui va bene?»

L'uomo alzò le sopracciglia. «Allora, ci vuoi pensare su?»

Andy fece un verso dal salotto.

«Non serve» disse Dario. «Ci ho già pensato».

L'uomo sorrise. «Grandioso» disse. Gli tese la mano.

«Permesso... Si può?» Mamma aprì un poco la porta della camera. «Andy ha fame, è pronta la merenda».

«La merenda» esclamò l'uomo alzandosi dal letto. «Be', un po' di fame ce l'ho anch'io».

Tornarono in salotto che Andy era già al tavolo.

Dario, dov'eri?, disse Andy. *È da un'ora che ti aspetto. Qui ci sono le paste.*

Dario lo guardò.

Che c'è?

Niente. Riflettevo.

Su che cosa?

Su una cosa che devo fare. Però non so se sarò capace.

Be', tu falla lo stesso, che poi ti aiuto io.

Ringraziamenti

Questa non è una storia inventata. È la storia di Andrea, della sua disabilità e del suo straordinario recupero, frutto di un percorso educativo coraggioso e intelligente; è la storia della sua voglia di vivere, della sua ferrea volontà di dimostrare, a se stesso e agli altri, che la disabilità ha confini incerti e sempre – e comunque – dilatabili. Allo stesso modo, e come tutte le storie vere che si leggono nei libri, questa storia ha anche molto di inventato. Alcuni degli episodi narrati non sono mai accaduti, oppure sono stati presi come spunto e romanzati ai fini della narrazione. Di pura invenzione, ad esempio, è il personaggio di Dario – benché, in realtà, Dario abbia molto di autobiografico e dunque, alla fine, del tutto inventato non sia.

Sono molte le persone che vorrei ringraziare, a vario titolo, per questo libro. Andrea, prima di tutto, che ho conosciuto attraverso i racconti di Fabiola, i filmati, le fotografie, e che ha saputo trasmettermi la sua incredibile energia e voglia di vivere; Fabiola, dagli occhi grandi e dallo sguardo attento, senza il cui aiuto probabilmente non sarei mai stato in grado di capire e raccontare la disabilità; Nicoletta, mia musa nella vita e mia prima lettrice, che mi bacchetta quando sono prolisso, o oscuro, o noioso; Matteo, quindicenne ribelle e vivace le cui gesta scolastiche hanno fornito più di uno spunto per questa storia; la sua ex insegnante di matematica (nel libro professoressa Delfrati), che mi ha fatto capire come un'insegnante non dovrebbe mai essere; Ronan Byrne, Galway, Irlanda (thank you, Ron) a cui devo il personaggio di Rak, completo di casa e giardino; Lodovica, persona speciale, che per prima ha creduto in questo libro; e Rosa infine, mia brava editor, che mi ha regalato, sempre con il sorriso, il suo paziente e prezioso lavoro.

Postfazione

Spostare il limite

Quando ho conosciuto Andrea, era un bambino fragile, esposto, bisognoso di tutto, chiuso in un guscio protettivo che lo riparava dai pericoli del mondo.

Eppure, nella relazione educativa con lui, non abbiamo mai dato niente per scontato, a cominciare dal suo profilo di *soggetto con grave disabilità* che non ha mai limitato la scelta del percorso che abbiamo costruito insieme anno per anno. Nel progettare le sue attività di apprendimento, che si svolgevano insieme ai suoi compagni, abbiamo sempre cercato di costruire qualcosa di nuovo, di inaspettato, ogni giorno, che lo spingesse oltre e lo mettesse nella condizione di dare il meglio delle sue possibilità, inserendosi nell'ambiente scolastico come in uno spazio per conoscersi e farsi conoscere.

Andrea era uno di quei soggetti che poteva, nella sua evidente disabilità, ingannarti facilmente, spingendoti ad abbassare la richiesta per andare incontro alle sue molte necessità. Senza *vedere oltre*. Il percorso fatto insieme ha dimostrato come proprio in quell'*oltre* Andrea sia riuscito a sviluppare la fiducia, l'entusiasmo e la voglia di crescere che gli hanno consentito di ridisegnare gli stessi limiti della sua disabilità.

A due anni dalla sua scomparsa, Andrea continua a vivere in me come un grandissimo esempio, il più grande forse, di chi non si rassegna, di chi continua ad andare avanti anche quando i risultati faticano ad arrivare.

Spostare il limite. Andare oltre. Sempre. Questo è ciò che Andrea mi ha insegnato. Questo è ciò che insegnano le storie come la sua.

Ringrazio Gabriele per il lavoro fatto insieme, la sua sensibilità e per la sua capacità nel restituire, di Andrea e della disabilità, l'universo emotivo al contempo così lieve e così complesso.

Fabiola Beretta
presidente ATLHA

ATLHA

L'ATLHA, Associazione Tempo Libero Handicappati, fondata nel 1986 da Lino Brundu e presieduta oggi da Fabiola Beretta, si occupa del tempo libero delle persone disabili, allo scopo di favorirne la più ampia integrazione sociale. Turismo accessibile, formazione, laboratori, attività sportive (l'ATLHA è affiliata al Comitato Italiano Paraolimpico) e attività dove persone con handicap lavorano accanto a professionisti qualificati sono alcune delle tante iniziative proposte dall'associazione. L'ATLHA ha sede a Milano, all'interno del parco di Trenno, negli spazi del Beautiful Park, il primo parco giochi accessibile di Milano, dove, oltre alle attività ludico-ricreative, gestisce una comunità alloggio.

Per informazioni: *www.atlha.it*

atlha
tempo libero per l'integrazione dei disabili

Stampa: Grafica Veneta SpA - Trebaseleghe (PD)